REIHE 1

Nicola Nürnberger

WESTSCHRIPPE

Roman

open house

1. Auflage, März 2013
Copyright © 2013 Open House Verlag, Leipzig
www.openhouse-verlag.de
Alle Rechte vorbehalten

Lektorat, Satz und Gestaltung Open House Verlag
Umschlagfoto Otto Hainzl / www.ottohainzl.at, Linz
Druck und Bindung Westermann, Zwickau

Printed in Germany
ISBN 978-3-944122-02-1

Prolog

»Die Ostschrippe hat doch noch janz andas jeschmeckt«, sagt Frau Dittmann. Sie blickt dabei auf ein Kettenbäckereibrötchen, das sie mir in eine Papiertüte packt.

Die gute alte Ostschrippe wurde durch den Mauerfall weggepustet und so ist dieses krümelige Aufbackbrötchen in ihren Augen automatisch eine »Westschrippe«.

Westschrippe ist paradox. Im Westen gibt es ja gar keine Schrippe, in West-Berlin schon, aber so richtig Westen ist West-Berlin eben nie gewesen.

»Ja?«, sage ich leicht spitz. Wir stehen in einer kleinen Filiale einer ›Traditionsbäckerei‹, die in einem Siedlungsgebäude aus den späten 40er Jahren untergebracht ist. Tatsächlich sieht hier vieles ganz alt aus, aber die Brötchen werden einfach nur noch aufgebacken. Bleche mit Teiglingen warten in einem speziellen Gestell. Der Aufbackautomat ist nicht zu übersehen.

Plötzlich ertönt ein langes, schrilles Piepen, dann noch eins.

»Ick hab Kundschaft, nimmste mal de Körnersonne raus, et piept, hörste dit nich?«, pflaumt Frau Dittmann die Aushilfe an, die gerade die Zuckerstreuer abwischt. Im Hintergrund hängt ein Plakat. »Wieder im Angebot: Die original Ostschrippe nach traditionellem Rezept im Steinofen gebacken.« Hier, im Berliner Vorort, einer Art westlichem Osten, versteht jeder, wie vorwurfsvoll das gemeint ist. Die Ostschrippe gibt es aber nur an besonderen Tagen, und so lässt Frau Dittmann verächtlich eine vermeintliche Westschrippe in die Tüte fallen.

Bevor ich für eine verfranste Biographie verantwortlich gemacht werde, zahle ich und gehe. Ich spaziere an einer kieferngesäumten Straße entlang zur Haltestelle des Vorortbusses, der mich zum Bahnhof bringen wird. Ich fahre heute dorthin zurück, wo ich aufgewachsen bin. Auf dem Weg träume ich mich zu den Brötchen, die ich als Kind gegessen habe, die es bei uns im goldenen Westen gab, bei Frau Lohrey, die einen kleinen, garstig-verschrobenen Lebensmittelladen bei uns im Dorf hatte.

Die Brötchen sind groß und ganz hell, haben oben einen Längsschlitz, sind nur ein bisschen knusprig und innen beißt man wie auf Samt. Man kann sie auch ein paar Tage aufheben, dann sind sie immer noch lecker. Und sie schmecken mit allem, mit Butter und gekochtem Schinken, den Metzger Volz großzügig in dicke Scheiben schneidet, oder, noch viel besser, man kann sie von Frau Lohrey direkt im Laden aufschneiden lassen, die dann zwischen den Brötchenhälften einen Negerkuss plattdrückt. Wir denken dabei nie an schwarze Menschen, sondern ausschließlich an ein klebriges Waffelding.

Die Ostschrippe hätte also bessa jeschmeckt, soso. Als hätte es in der Bundesrepublik schon immer nur Brötchen gegeben, die an Tankstellen aus Teiglingen aufgebacken wurden. Als hätten wir »drüben« früher tagaus tagein im Schulbus gesessen, wichtig aus dem Fenster geguckt, Streichwurst aus der Plastikdose auf diesem krümeligen Nichts gemampft und dabei die deutschen Bundeskanzler seit 1949 auswendig gelernt. Und als hätte Stalin das traditionsreiche Bäckerhandwerk in den sozialistischen Teil Deutschlands gebracht, und als seien eben jene Aufbackbrötchen mein schäbiger Beitrag zur Wiedervereinigung.

Ankunft im Dorf
1974–1977

Mittlerer Westen

Frau Lohrey hatte ihren Laden in einem kleinen, bäuerlichen Dorf irgendwo im Westen, in dem auch ich plötzlich gelandet war, nicht ganz so weit im Westen, eher fast Zonenrandgebiet und nicht zu weit nördlich, aber auch nicht südlich. Der Laden inmitten des buckligen Dörfleins machte was her, hatte etwas Offizielles. Er war nicht aus schiefem Fachwerk, wie die meisten anderen im Ort, sondern ein roter Klinkerbau, fast schon ein hanseatisches Handelshaus.

Die Vorderseite zur Straße hin war mit grauem Marmor verkleidet, obwohl ich gerade ernsthaft daran zweifle, dass es sich tatsächlich um echten Marmor handelte. Die letzten dreißig Jahre war ich jedenfalls fest davon überzeugt. Und – er lag an der Hauptstraße! Die Öffnungszeiten waren unberechenbar. Aber wenn ich durch einen kleinen Spalt ins Innere sehen konnte, drückte ich mit leiser Aufregung gegen die Tür. Im Raum hinter dem Laden klingelte es, und Frau Lohrey kam nach vorn, eine kleine Frau mit braun gefärbtem Haar, das auf ihrem Kopf zu einem verschlungenen Gebirge aufgetürmt war. In eine viel zu enge Kittelschürze gestopft baute sie sich – der Boden unter ihren Füßen klassisch schwarz-weiß gefliest – hinter der Glastheke auf, bevor wir Eindringlinge unsere Wünsche vorbringen durften. Denn obwohl die Aufmachung des Ladens ganz einem Supermarkt glich, war es streng verboten, sich selbst zu bedienen. Meine Mutter, »die Zugezogene«, hatte schon kurz nach ihrer Ankunft im Dorf gewagt, den Laden zu betreten, um Bananen zu kaufen, die ihr durchs Schaufenster sonnig-gelb entgegenlachten.

»Ein Kilo von denen hier«, sagte sie.

Frau Lohrey ging nach hinten, holte braun-schwarze Bananen und legte die weichen Dinger vorsichtig auf die Waage, damit sie nicht noch mehr litten. »Sonsd noch ebbes?«

Als meine Mutter einwarf, dass sie doch lieber die gelben hätte, erwiderte Frau Lohrey mit strengem Blick: »Bei uns sinn aach die alde noch was werd.«

Ungläubig nahm meine Mutter die Tüte mit den Bananen – und hat danach den Laden nie wieder betreten.

Die Schule fährt mit Hilfsmotor

Schulen gab es in dieser Gegend nicht viele. Schon die Grundschulkinder mussten mit einem Bus irgendwo hingekarrt werden. Es war schon was Besonderes, dass wenigstens die Vorschule zu den Kindern kam. Genauer gesagt, meine Mutter als Vorschullehrerin auf ihrem Vélosolex, einem Fahrrad mit Hilfsmotor.
Als wir aufs Land zogen, gab es dort noch keine Kindergärten. Da war meine Mutter, gerade am Ende des Pädagogikstudiums angekommen, genau die Richtige für so eine Art ländliche Bildungsoffensive. Mit zwei Kommilitoninnen, die auch in diese Gegend zogen, deckte sie durch ihre fahrende Vorschule den Unterricht in den umliegenden Dörfern ab.
Oft hatte ich meine Mutter an die Uni begleitet, wo sie vor einer gigantischen Anlage von Karteikästen brütete. Ich beobachtete, wie sie eine Schublade aufzog, in der sich bestimmt tausend Karteikärtchen befanden. Mutter blätterte in den Karten, musterte dann eine scheinbar ganz bestimmte und schob die Schublade wieder zu, um sofort eine andere zu öffnen. Dieses rätselhafte Memory-Spiel, dessen Regeln ich nicht durchschaute, qualifizierte sie offensichtlich dazu, mit den Kindern aus den Dörfern ›richtiges‹ Memory zu spielen.
Der Vorschulunterricht fand genau ein Mal die Woche statt. Montags in dem einen Dorf, dienstags im nächsten, und so konnten sich eine ganze Menge Dörfer daran beteiligen. Für die Kinder war es etwas ganz Neues, dass sich jemand einen Vormittag lang mit ihnen beschäftigte.

Kindergärten oder staatlichen Vorschulunterricht gab es nicht. Berufstätige Mütter mussten ihre Kinder bei Omas, Schwiegermüttern oder Tanten abgeben.

Vor dem glatten Funktionsbau des Dorfgemeinschaftshauses im Nachbarort warteten viele Frauen verschiedenen Alters mit festlich herausgeputzten Kindern auf meine Mutter. Ich war vier Jahre alt und begleitete sie. Die Pächterin der integrierten Kneipe, Frau Kimpel, sah meine Mutter durchs Fenster und schloss die Tür auf. Die Kneipe war eigentlich nur die Verlängerung des Mehrzwecksaals, der hinter einer Schiebewand lag und sich für Großveranstaltungen öffnen ließ. Als Kneipentische dienten schlichte, zusammenklappbare Konferenztische, die Frau Kimpel mit Bauerndeckchen und kleinen Blumengestecken gemütlicher gestaltete. An den Wänden hingen Jahresgedenkteller des Kunstradfahrvereins und Fotos, die das idyllische Dorfleben zu Beginn des 20. Jahrhunderts zeigten. Bauern, die Kühe vor einem Pflug führten. Männer im Anzug vor einem Wohnhaus.

Frau Kimpel zog sich hinter einen rustikalen Tresen aus Eichenholz mit schmiedeeisernen Verzierungen zurück und spülte die Biergläser, die noch vom Vorabend dort standen. Sie platzierte sich immer günstig, sodass sie genau beobachten konnte, was im Raum vor sich ging.

Aufmerksam sah sie meiner Mutter zu, wie die in großen Schritten durch den Raum ging, eilig die Gestecke und Decken von den Tischen nahm und sie auf die Fensterbänke packte. Langhaarig, im grünen Hosenanzug mit Schlag und Ziegenfellstiefeln mit Plateau wirbelte sie durch den Raum. Die Kinder, die inzwischen die Jacken ausgezogen hatten, kamen herein, die Dorfmütter stellten sich laut tratschend in die Tür und beobachteten das Geschehen. Meine Mutter schob mit den Kindern sämtliche Tische zu einer langen, breiten Tafel zusammen und rollte darauf die in den Gepäckträgertaschen mitgebrachten Tapetenrollen aus. Anschließend verteilte sie kleine Töpfchen mit Fingerfarben und Pinsel. Ich stellte alte Joghurtbecher mit Wasser der Reihe nach auf den Tisch, damit die Kinder ihre Pinsel reinigen konnten. Gleich daneben in einem Schraubglas stand fertig angerührter Tapetenkleister. Die Kinder, die sich inzwischen verlegen in eine Ecke des Raums gedrängt hatten, mussten sich jetzt um die Tafel gruppieren. Meine Mutter setzte sich auf einen frei gebliebenen Tisch, nahm ein Buch aus ihrer Handtasche, las eine Geschichte vor, *Frida Farbatella oder die wilde Geschichte des bunten Unsinns*, und forderte die unschlüssig stehenden Kinder auf, beim Zuhören die gesamte Fläche zu bemalen. Zaghaft fingen einzelne an, nahmen Pinsel und zogen Linien, bis sich dann nach und nach alle anschlossen, und das Papier und auch die Kinder selbst bunt verschmiert waren. Sie quiekten vor Freude, standen auf Stühlen, um besser malen zu können, klatschten den Kleister mit den Fingern aufs Papier und ließen die Farbe in großen Tropfen durch die Luft tanzen.

Die Dorffrauen waren schon verstummt, als das Klatschen der Pächterin das fröhliche Treiben beendete. Sie war inzwischen an den Tisch marschiert, schlug die Hände an die Wangen und rief: »Wer soll das all butze?«

Die Kinder schreckten auf, balancierten sofort die klebrigen Joghurtbecher zum Waschbecken und rubbelten sich energisch die Hände sauber.

Eine vollbusige kleine Frau musterte meine Mutter skeptisch und raunte zu Frau Kimpel: »Uffgeblose isse jo mid ire komischoul. Mirham gansannan Sache gehaad, rächene, schraibe, so ebbes. Unn waasde was? Gelännd habbisch, sonsd häddisch ei gefange.«

Mutter hatte zu dieser Zeit noch keinen Führerschein und so fuhr sie zum Unterricht auf ihrem Vélosolex von Dorf zu Dorf. Ich saß dabei auf dem Gepäckträger und musste während der Fahrt die Sachen, die nicht mehr in die Gepäckträgertaschen passten, in einer Tüte halten. Mit der anderen Hand klammerte ich mich am Gepäckträger fest. Und wenn meine Schwester schulfrei hatte, blieb ihr nichts anderes übrig, als mit dem Fahrrad hinterher zu fahren.

Die angesteuerten Dörfer kuschelten sich zwischen die südlichen Ausläufer eines Mittelgebirges und lagen bis zu fünfzehn Kilometer voneinander entfernt. Fuhren wir in höher gelegene Ortschaften, quälte sich das Velosolex mühsam den Berg hinauf. Die schmalen Straßen, für solche Ausflüge nicht gerade optimal, aber immerhin größtenteils geteert, schlängelten sich durch dichte Wälder. Wenn wir dann einen bummelnden Traktor einholten, der in einem Gitter die Kühe hinter sich hertrieb, hier in den Dörfern liebevoll ›Bulldog‹ genannt, brauchten wir gar nicht erst versuchen, ihn zu überholen. Bald hatten wir eine dicht drängelnde Autoschlange hinter unserem ländlichen, in eine stinkende Dieselwolke eingehüllten Bildungskorso. Wenn möglich nahmen wir daher einen Feldweg, um den Traktoren zu entgehen. Aber schon auf der nächsten Landstraße zogen wir oft selbst so eine Autoschlange hinter uns her. Vorne weg Sciroccofahrer, die an den unübersichtlichsten Stellen zum Überholen ansetzten. Der damals so populäre Auto-Aufkleber »Obacht gebe, länger lebe« scheint nicht allen geholfen zu haben. Überall standen Kreuze, Kerzen und Blumensträuße für Leute, die bei Unfällen hier gestorben waren. Meist fuhren wir so nah daran vorbei, dass ich mir die Fotos darauf ansehen konnte: Manuela zum Beispiel, eine junge Frau, die ich öfter mit ihrem Freund bei uns im Dorf gesehen hatte, entdeckte ich eines Tages auf einem Bild in der Nähe des Dorfes, wo wir gerade Vorschulunterricht hatten. Gelbe Fresien lagen daneben und wir fuhren so langsam daran vorbei, dass ich sie hätte berühren können.

Ich wurde schon mit fünf Jahren eingeschult und musste meine Mutter dann nicht mehr begleiten. Sie hat zu unserer Erleichterung auch bald den PKW-Führerschein gemacht. Die Mittel für die vorschulische Bildungsoffensive wurden nach einiger Zeit gestrichen. Aber zwei Jahre lang fuhr die Schule bei uns mit Hilfsmotor.

Wejschraibstdoudechdann?

»Wejschraibstdoudechdann?«, fragte mich ein alter zahnloser Mann, der aus einem Klohäuschen auf mich zugeschlurft kam und dabei seine abgewetzte Kleidung sortierte. Das Klohäuschen stand, mit der offenen Tür zur Straße hin, eingeklemmt zwischen einem kleinen Fachwerkhaus und dem Stall, immer, wenn nicht besetzt war, stand die Tür offen. Meine Schwester hatte mich gleich aufgeklärt, dass sich unter dem Häuschen eine riesige Grube befand und der Klohäuschennutzer nur durch ein Brett mit einem breiten Loch davon getrennt war. Bis dahin war es mir gelungen, dem Mann zu entwischen. Dieses Mal muss ich wohl zu lange am Kaugummiautomaten gedreht haben, der am Zaun des Nachbarhauses befestigt war. Plötzlich stand der Mann vor mir. Ich zuckte zurück und hatte das Gefühl, ein Verbrechen begangen zu haben. Er hob seine dünnen Hände, formte sie zu einem Trichter, den er mir direkt ans Ohr hielt und schrie noch einmal: »Wejschraibstdoudechdann?«

Wir waren vor nicht allzu langer Zeit aus der großen Stadt in das Dorf gezogen, und ich habe beim besten Willen nicht verstanden, was dieser Mann von mir wollte.

Ärgerlicherweise musste ich aber jeden Tag nach der Schule an diesem Haus vorbei. Es stand an der einzigen Straße, die das alte Dorf und die Neubausiedlung miteinander verband, und der sonderbare Mann mit den eingefallenen Wangen und den langen grauen

Bartstoppeln stellte mir jeden Tag die gleiche Frage. Irgendwann brachte ihn mein ahnungsloses Schulterzucken so weit, dass er bemüht langsam und gezwungen, fast schon Hochdeutsch sprach. Dann geschah es. Aus dem unverständlichen Vokalsalat wurde: »Wie – schreibst – du – dich – denn?« Immerhin verstand ich nun, was er gesagt hatte. Was er wollte, wusste ich nicht.

»Mit c«, piepste ich verschüchtert, als er mir beim nächsten Zusammentreffen erneut die Frage stellte, und zog weiter. Ich wunderte mich immer noch über die Frage, als mich meine Mutter zu Hause empfing.

»Na, Kind«, begrüßte sie mich vom Küchentisch aus. Mein Vater hatte Spätdienst. Sie hatte für ihn um halb zwölf Mittagessen gekocht und es nun für mich aufgewärmt. Wenn meine Schwester gegen halb zwei aus der Schule kam, tat sie das noch einmal. Drei Stunden saß sie also am Tisch, stand gelegentlich auf und rührte in den Kartoffel-, Fleisch- und Gemüsetöpfen. Zwischen den Tellern, Kaffeetassen und Zeitungsstapeln hindurch erzählte ich ihr von meiner seltsamen Begegnung. Aber auch sie hatte keine Erklärung für die C-Frage.

Gleich am nächsten Tag – ich hatte mir das Kaugummikauen spontan ab- und einen schnellen Laufschritt angewöhnt – lauerte mir der Alte wieder auf. Das »c« schien ihm wohl noch nicht Erklärung genug gewesen zu sein. Er stürmte richtig über den Hof: »Medsche dumäschsd mirja die migge scheu middamgerenn!«

Ich klammerte mich an einen Pfosten der Schafskoppel, die direkt neben dem Hof lag.

»Horschemol. Mäschsdu haamzus?«, fragte er und, lächelnd, als habe er einen tollen Einfall: »Wejschraibtsech devaddä?«

Hatte ich richtig verstanden? Warum sollte ich ihm jetzt noch den Namen meines Vaters buchstabieren? Das Ratespiel war mir nicht geheuer, ich packte meine Schultasche und flüchtete, ohne mich auch nur einmal umzudrehen, nach Hause.

Am Nachmittag erzählte ich meiner Freundin davon. Sandra war eine echte Eingeborene und kannte so ziemlich alle Geheimnisse des Dorfes. Keine von uns wollte abends nach dem Spielen die lange, dunkle Straße, die das Neubaugebiet mit dem alten Dorf verband, alleine zurückgehen, weil sie aber im Dorf und ich im Neubaugebiet wohnte, liefen wir Hand in Hand, Gruselgeschichten erzählend, die dunkle Straße hin und her. Wir brachten uns gegenseitig so lange nach Hause, bis meine Mutter das Zeremoniell unterbrach und Sandra im Auto bis vor ihre Haustür fuhr.

Sandra ging mit mir los, um die C-Frage zu klären. Der Mann saß sowieso immer vor dem Haus auf einer Bank oder trottete über den maroden Kopfsteinpflasterhof. Es war also kein Problem ihn zu finden. Sie kannte ihn natürlich, wie sich offenbar alle Leute im Dorf gegenseitig kannten, und unterhielt sich kurz mit ihm. Bemüht, sich deutlich zu artikulieren, erklärte sie mir, dass »Wie schreibst du dich denn?« einfach »Welchen Nachnamen hast du?« bedeute und damit auf die Frage ziele, zu welcher Familie man denn gehöre.

Meinen Nachnamen hatte der Mann noch nie gehört, unbewegt blickend nahm er ihn zu Kenntnis – damit war klar, wohin ich gehörte. Zu einer neu zugezogenen Familie, aus dem »Neubaugebiet«. Was für ein Sichtbetonwort. Neubaugebiet. Da roch es nach frischem Estrich, das stand für Familien, die aus der Stadt kamen und billiges Bauland kauften – waren die Gehwege schon fertig? Neubaugebiet. Da entstanden nach und nach Fertighäuser mit unverputzten Kellern, Vorgärten mit neu angepflanzten Koniferen und plötzlich waren da auch Kinder, die in einem bäuerlichen Dorf umherliefen und nichts verstanden.

Wahl-Freiheit

Wir waren zum Glück nicht abhängig von Frau Lohrey. Mit dem Auto meiner Mutter konnten wir ein paar Kilometer weiter in einen richtigen Supermarkt fahren, aber auch direkt bei uns im Dorf gab es noch echte Alternativen, etwa den kleinen Laden an der Hauptstraße, wo ich alleine hinlaufen konnte.

Wollte man dort etwas kaufen, musste man erst durch die Kneipe, denn die Tür neben dem angestaubten Schaufenster war immer verschlossen. Im Vorbeigehen betrachtete ich die Auslage, prüfte die Zahl der toten Fliegen neben den drei ausgeblichenen Waschmittelkartons, mehr gab es da nicht zu sehen. Dann trat ich in die Kneipe und durch einen schweren Vorhang in den Laden. Meistens merkte Berta, die verwitwete Betreiberin, irgendwann von selbst, dass jemand etwas kaufen wollte und kam über die knarzenden Holzdielen heran. Manchmal hatte ich dafür auch laut rufend bis in den Wohntrakt vordringen müssen.

Bei Berta bekam man etwas ganz Besonderes. Eis. Nicht das verpackte Eis am Stiel, sondern Waffeleis. Ohne etwas zu sagen, nickte sie und kehrte um. Ich folgte ihr in einen Abstellflur. Hier stand die große Tiefkühltruhe, über deren Rand ich geradeso hineinschauen konnte, wenn Berta den schweren Deckel nach oben gestemmt hatte. Auf einem Hocker stehend, schob sie Hühnerkeulen und Tiefkühlerbsen mit dem für diesen Fall bereit gelegten Tortenheber beiseite und zeigte mir die Auswahl: Eine Packung Waldmeister – und nochmal Waldmeister. Also Waldmeister! Andere Sorten gab es nur selten. Fünf Pfennig kostete ein Bällchen.

In einer Seitenstraße versteckte sich ein Bekleidungsgeschäft, in dem die Frauen ihre Grundausstattung an Kittelschürzen erstehen konnten. Eine Frau ohne Kittelschürze war im Dorf unvorstellbar. Hierher wurden aus einer entfernten Apotheke auch Medikamente für die nicht-motorisierte Bevölkerung geliefert. Über der Eingangstür prangte in gelben geschwungenen Leuchtbuchstaben der Schriftzug »Willi Stork«, und auch das breite Panoramaschaufenster machte einen durchaus einladenden Eindruck. Nachdem die Tür beim Aufdrücken und Zufallen schrill geklingelt hatte, zählte ich stumm, in völliger Dunkelheit, die Sekunden, bis die Storks endlich aus den Tiefen ihrer Wohnung herankamen und das Licht anschalteten. 49 – 50 – 51 – 52!

Den Raum füllten mannshohe, dicht mit Bügeln behängte Kleiderständer, zwischen denen ich die Orientierung verlor. Wenn ich mich durch das Labyrinth von Arbeitshosen und Synthetikblusen in Übergrößen gearbeitet hatte, wurde es übersichtlicher. Ich blickte geradewegs auf einen altarartigen Verkaufstisch. Dahinter, die ganze Wand entlang, ein deckenhohes Regal, auf dem unzählige Pappschachteln mit Knöpfen lagerten. Daneben Reißverschlüsse, Häkchen mit passenden Ösen und Bänder zur Verlängerung von Kinderhosen. In der Mitte des Regals öffnete sich ein in gleißendes Licht getauchter Durchgang. Zunächst hörte ich schlurfende Schritte näher kommen, bis das Ehepaar ernst, schmal und faltig aus dem hellen Rechteck heraustrat, und Herr Stork im grauen Hausmeisterkittel mit routinierter Bewegung den versteckt liegenden Lichtschalter betätigte. Die vier Neonröhren flackerten eine Zeitlang abwechselnd, begleitet von einem grimmigen Summton. In dieses Zwielicht hinein fragte der alte Stork mit abgewetzter Stimme: »Was kreist dou?«

Währenddessen schlich seine Frau zu den Kleiderständern oder bestieg die ersten Sprossen der langen Leiter am Regal – je nachdem, was man wollte. In meinem Fall stellte sie ein großes Schraubglas mit Himbeerbonbons auf den Tresen. Das Bonbon für zwei Pfennig, deshalb war ich hier.

Nachdem ich die kupferfarbenen Münzen rübergeschoben hatte, schraubte der Alte das Glas auf, und ich durfte hineingreifen. Ein Bonbon steckte ich gleich in den Mund. Wenn ich mir mehrere leisten konnte, packte ich die übrigen, in ein Stofftaschentuch gewickelt, in meine Hosentasche. Das noppige, puderzuckerbestäubte Riesenbonbon auf meiner Zunge verhinderte durch den plötzlichen Speichelfluss jedes weitere Gespräch, also verließ ich strahlend vor Glück und mit einer verräterischen Beule in der rechten Wange den Laden.

Mit jedem Bonboneinkauf verkürzte sich die unheimliche Prozedur etwas, da ich den Weg durch die Kleiderstangen allmählich kannte, und das Geld schon auf der Glasplatte lag, bevor die beiden eintrafen. Herr Stork hielt bald auch die aufwändige Choreographie mit den Neonröhren nicht mehr für nötig.

Die Tankstelle am Dorfplatz war schon lange vor unserem Umzug aus der Stadt stillgelegt worden. Die betonierte Insel, auf der einmal die Zapfsäulen betrieben wurden, war noch übrig, und der obligatorische Opa saß auch noch auf der Bank, als bewache er das rostige Gasolin-Schild. Das war der Dorfmittelpunkt, hier trafen die Frauen am späten Nachmittag zusammen und warteten mit ihren riesigen Milchkannen auf die Ankunft des Milchautos, das ihnen die selbst erzeugte Milch abnahm. Sie kannten mich bald und riefen mir oft zu: »Hasde dei Uffgabe schon fäddisch?« oder »Die Mona iskrad midde Muddie foddgefahn. Die sinn hinne beim Ongel.«

Wenn ihre Kannen geleert waren und der Klatsch ausgetauscht, fuhren sie ihre Leiterwagen und Schubkarren wieder nach Hause. Für sie war es dann Zeit, mit der Gießkanne am Lenker zum Friedhof zu radeln.

Am allerliebsten ging ich in den Laden von Elvira. Er lag am Ufer des kleinen Bachs, der sich durchs Dorf schlängelte, genau gegenüber vom Pfarrhaus. Um bei Elvira irgendetwas zu bekommen, brauchte ich mindestens fünf Pfennig.

Der Laden war in ein modernisiertes Bauernhaus samt großem Hof mit Stallungen und Scheune integriert. Über ein paar Kunststeinstufen erreichte man eine messingfarben eingerahmte Tür mit schwarzem Plastikgriff, dahinter öffnete sich ein gut zwanzig Quadratmeter großer Raum, der einem Schlaraffenland glich. Er war bis zur Decke mit Lebensmitteln gefüllt: In einer Vitrine türmten sich verschiedenartige Käselaiber, auf dem Tresen stapelten sich Brote, daneben standen Torten, verziert mit kandierten Kirschen und Schokoladenrosetten. An der Decke hingen in dichtgedrängten Ketten fette Räucherwürste, von denen Elvira auf Wunsch eine abschnitt. Die Regale quollen über von edel aufgemachten Tütchen mit Champignonrahmsuppe. Ein Huhn lachte von einem Brühwürfel herunter. Rechts davon, kreuz und quer auf den Boden gestellt, Mehltüten. Darüber, in kleinen Schatzkisten sortiert, hübsche Fläschchen mit Backaroma. Ein Regal weiter waren Nudelpackungen fachmännisch aufgeschichtet, auf denen ein pausbäckiger Koch Zeigefinger und Daumen zu einem Ring geformt und an seine gespitzten Lippen geführt hatte. Genau auf Augenhöhe opulent dekorierte Schokoladentafeln. Bonbontüten, auf denen hübsche blonde Frauen körbeweise frischgeerntete Früchte trugen. Schmelzkäse in Goldpapier. Vom Etikett zwinkerte verschmitzt eine fröhliche Kuh. Dazwischen alle anderen lebensnotwendigen Dinge, die man nicht essen, aber trotzdem kaufen konnte. Duftende Seifen in Rosenform, kleine Salzstreuer auf silbernem Tablett, gelbes Toilettenpapier mit Blumenprägung. Hier entdeckte ich mit goldenen Pailletten bestickte Kinderportemonnaies und Armbänder aus schillernden Muscheln. Niemals hätte ich mir bei nur einem Besuch alles ansehen können.

Der geräumige Laden grenzte direkt an die Küche. Ich roch sofort die Erbsensuppe und hörte das Scheppern von Besteck und Geschirr, wenn die Familie dort zum Mittagessen versammelt saß, und mit dem Feinsinn einer Sechsjährigen betrachtete ich in aller Ruhe die Schätze im Laden. Elvira lehnte geduldig an ihrem Verkaufstisch neben der Vitrine und beriet mich ausführlich, während ich lange hin- und herrechnete, was ich von meinem Taschengeld kaufen sollte.

»Wie ald wäddänn dein Vaddä?«, fragte sie und holte mir eine Dose schwarze Schuhcreme aus dem Regal. Inzwischen hatte ich alle Münzen aus meiner Hosentasche gekramt, es reichte sogar noch für einen orangefarbenen Stiftständer. Vorne hatte er eine kleine Schublade für die

Büroklammern. »Den kann de Vaddi aufde Schraibdisch schdelle, da hadder es ganse Jahr was devon und für disch schbringt noche Gudsje bei naus.«

Bei Elvira zeigte sich die wirkliche Freiheit, in der wir lebten. Wir hatten immer alles, was wir brauchten. Dafür gab es einen feststehenden Begriff: Man ging »hinnerum«. Egal zu welcher Tageszeit wir Mausefallen oder Haarspray brauchten – wir klingelten einfach an Elviras Haustür. Und wenn die Mausefallen aus waren, dann lieh sie uns ein paar von ihren eigenen. Meiner Mutter waren solche Aktionen etwas peinlich, aber wenn ich ein Waffelessen mit ihrer Schwiegermutter retten konnte, indem ich »hinnerum« ein Päckchen Backpulver organisierte, war sie glücklich. Das war echte Freiheit.

Bottroper Straße

Bevor wir in das kleine Dorf zogen, lebte ich mit meiner Familie in Frankfurt. Wir alle, meine Eltern, meine Schwester und ich sind dort geboren. Meine fünf Jahre ältere Schwester besuchte in Frankfurt die Grundschule und ich einen städtischen Kindergarten.

Bottroper Straße – hier hatte ich mein ganzes bisheriges Leben gewohnt. Bottrop. Das hieß Stahlarbeiter. Große Rüstungsbetriebe. Vollgestopfte Arbeiterhäuser. Armut und enge Innenhöfe. Skorbut und Zwangsarbeiter.

Tatsächlich war sie eine ruhige Seitenstraße. Das Kopfsteinpflaster, das man einfach überteert hatte, machte den Belag beulig. In der Straße gab es KFZ-Schlossereien und allerlei andere mittelgroße Handwerksbetriebe. Die Gehwege waren breit und leer, denn wir lebten im einzigen Wohnhaus, einem länglichen, quer zur Straße liegenden roten Klinkerbau, mit Werkswohnungen der Stadtwerke, für die mein Vater fast sein ganzes Leben lang arbeitete.

Das Haus bestand aus vier Wohnungen und war ringsherum von etwas Garten umgeben. Ein Weg mit wippenden Betonplatten führte an einer Wiese vorbei, daneben war ein wenig Platz für Gemüsebeete, Wäscheleine, Teppichstange und ein paar blattarme Sträucher. Die Nachbarinnen Frau Wenzel und Frau Hessemer saßen manchmal auf Klappstühlen draußen und lösten Kreuzworträtsel, nachdem sie die Wäsche aufgehängt hatten. Springbrunnen, Rhododendronhain und Natursteinwege waren hier Fremdwörter.

Direkt neben dem Hauseingang drohte der Zwinger mit den beiden Schäferhunden von Herrn Hessemer. Wenn ich vorbeilief, warfen sich die Hunde bellend und in die Luft schnappend gegen das Gitter. Schreiend stürmte ich ganz nah an der Hauswand entlang und hielt mir die Hand vor die Augen. Im weißen Feinrippunterhemd lehnte Herr Hessemer lässig rauchend im Fenster der Hochparterrewohnung. »Bass bloß uff, dassde mir mei Hündschä nedd verschrägge dust!« Sein fieses Raucherlachen bekam ich manchmal den ganzen Nachmittag nicht aus dem Kopf.

In Vaters Arbeitszimmer stand ein riesig großer, weißer Schrank voll mit Aktenordnern und wichtigen Dokumenten. Selbst für Elektrogeräte, die wir längst weggeschmissen hatten, behielt er die ordentlich auf A4-Blätter geklebten und korrekt mit Datum abgehefteten Kaufbelege. Einige technische Zeichnungen von unserem Großvater lagen dort einsortiert und Unterlagen aus Vaters Studienzeit. Klar und übersichtlich hatte er hier auch die Familienfotos in Aktenordnern gesammelt und mit Druckbuchstaben beschriftet. Eine ganze Abteilung dieses Schranks war für seine hellblauen, ordentlich gebügelten Arbeitshemden reserviert. Natürlich gehörte außerdem die Krawatte zum Erscheinungsbild eines Ingenieurs bei den Stadtwerken, auch wenn mein Vater gar keine öffentlichen Auftritte absolvieren musste.

In unserm Haus wohnten ausschließlich Mitarbeiter der Stadtwerke. Die Wohnungen wurden mit elektrischen Nachtspeicheröfen beheizt, um die sogenannten Schwachlastzeiten in der Nacht auszunutzen. Strom hierfür gab es genug, denn uns stand ein großes Freikontingent zur

Verfügung. Mein Vater hatte Oma einmal ein Werbegeschenk mitgebracht, eine kleine Aluminiumgabel, die sie an Feiertagen gerne zu den Mixed Pickles legte. Darauf stand: »Strom. Immer bereit.«

Von meinem Platz am Küchentisch aus konnte ich auf ein großes Umspannwerk sehen. Nicht, dass mein Vater dort gearbeitet hätte, aber wenn er zu seiner Schicht aufbrach, verabschiedete er sich immer mit dem Pathos eines Kumpels: »Ich gehe ins Kraftwerk.«

Manchmal nahm er meine Schwester und mich mit und zeigte uns seinen Arbeitsplatz, auf den er sehr stolz war, das Kohlekraftwerk in der Nähe des Hauptbahnhofs, gleich daneben ein Waschbetonneubau, die sogenannte Netzkommandozentrale. Am Pförtnerhäuschen musste mein Vater erst den Dienstausweis zeigen, dann wurde die Schranke hochgelassen, und wir durften in das Gelände einfahren. Besonders glücklich war er, wenn er seinen Ausweis noch gar nicht gezückt hatte, der Pförtner aber auch so den Knopf betätigte und ihm freundlich »Krüsssie!« zurief.

Auf den Gängen der Netzkommandozentrale wimmelte es von Männern, die in Anzügen und blauen Kitteln umherliefen und mit meinem Vater offenbar alle gut vertraut waren. In der Kantinenschlange tätschelten uns ältere Kollege den Kopf, bevor wir uns endlich einen Nougatring nehmen durften.

Den Höhepunkt unseres Besuchs bildete ein großer Raum mit einer riesigen Wand, auf der massenhaft bunte Lämpchen, Zahlen und Linien angebracht waren – das Stromnetz der Stadt. Umspannwerke, U-Bahnlinien und zentrale Stromkabel. Mein Vater saß mit anderen

Ingenieuren im Schichtdienst vor dieser Tafel. Lämpchen und telefonische Meldungen wiesen auf Störungen hin, etwa wenn ein ganzer Stadtteil ohne Strom zum Erliegen kam oder irgendwo die U-Bahn still stand. Dann musste eilig telefoniert werden, um Einsatzwagen loszuschicken, die Elektriker im Umspannwerk zu informieren, oder ganze Kraftwerke mussten runter- und wieder hochgefahren werden.

In der Netzkommandozentrale gingen auch die Anrufe verärgerter Unternehmen und Privatkunden ein, denen wegen ausstehender Zahlungen der Strom abgestellt worden war. Die Rückseite der ›Tourenliste‹ für die Geldeintreiber war das Malpapier meiner Kindheit. Was mich immer verstörte, denn mein Vater hatte erzählt, dass Leute, von denen der Geldeintreiber nichts Bares bekam, ohne Strom auskommen mussten.

Neben einer Teeküche, in der man sich das mitgebrachte Essen aufwärmen konnte, lagen Zimmer mit Betten für die Nachtschicht. Von dort brachte Vater manchmal die blau-weiß-karierte Bettwäsche zum Waschen mit nach Hause und erzählte mir augenzwinkernd, es wäre ausrangierte Gefängnisbettwäsche, die sein Arbeitgeber ihnen zur Verfügung stellte. Das tröstete mich in meiner Sorge um die Leute ohne Strom, denn selbst im Gefängnis wurde man ja offenbar von der Stadt rundum versorgt.

Das Angestelltendasein bei den Stadtwerken bot der ganzen Familie eine emotionale Heimat: Arbeit und Privatleben waren nicht nur durch die Bereitstellung von Wohnung und Stromkontingenten miteinander verwoben. Wegen des Schichtdienstes bekam mein Vater auch Freikarten für das Nachttierhaus im Zoo. Außerdem besaß er einen Generalschlüssel für das Messegelände, weil sich auch da ein Umspannwerk befand. Klar, dass dort pünktlich zur IAA ein Kontrollbesuch nötig war.

Zu Weihnachten führten Mitarbeiter der Stadtwerke in einem großen Festsaal Märchen für ihre Kinder auf. Bei Rumpelstilzchen glänzte die ganze Bühne wie aus purem Gold, und beim tapferen Schneiderlein traten echte Riesen auf! Im Anschluss bekam jedes Kind an der Garderobe eine Weihnachtstüte mit Geschenken. Lebkuchen, Äpfel, Orangen, Nüsse. Das Wunderbarste aber war eine durchsichtige Plastiklokomotive, prall gefüllt mit Gummibärchen. Den Erwachsenen wurde Jahr für Jahr in einem goldgeprägten Schmuckkarton ein Marzipan-Stollen überreicht. Der Stollen dagegen, mit dem Oma uns jedes Jahr beglückte, war furchtbar, weil sie Unmengen von Orangeat und Zitronat hineinknetete. An Heiligabend nahm ich mir dann doch immer artig ein Stück, um alles, was nach kandierten Früchten aussah, herauszupflücken und als weihnachtliches Hühnerfutter auf meinem Teller zu hinterlassen. Das verführte meine Oma zu der Idee, Mini-Würfelchen zu schneiden, in der Hoffnung, ich würde sie beim Essen gar nicht bemerken. Von diesem Augenblick an bestreikte ich ihren Stollen ganz, die Stunde des Fabrikstollens hatte geschlagen: Unter festlichem Kerzenschein gelang es mir, heimlich ein Stück von Omas Stollen gegen das städtische Fabrikat auszutauschen. Die wenigen kandierten Früchte ließen sich problemlos entfernen, und für mich blieb eine köstliche, mit dickem Marzipan gefüllte Scheibe. Der Stollen unserer Großmutter misslang immer häufiger. Mal war er steinhart, in einem anderen Jahr hatte sie Salz und Zucker verwechselt. Und immer wieder erwiesen sich die Stadtwerke als Helfer in unserem innerfamiliären Stollenzwist. Der Kraftwerksstollen wurde zur himmlischen Rettung für den heiligen Nachmittag.

Ein paar hundert Meter hinter unserer Straße war Frankfurt auch schon zu Ende. Dort am Waldrand hatten sie ein riesiges Einkaufszentrum gebaut, daneben die neue Autobahn. Ließ man Einkaufszentrum und Autobahn links liegen, kam man über einen schmalen Pfad zu dem Kindergarten, den ich besuchte, während meine Schwester in die Grundschule ging und meine Mutter studierte.

Als ich vier Jahre alt war und meine Schwester mit der Grundschule fertig, zogen wir aufs Dorf. Die Wohnung in der Bottroper Straße war zu klein geworden, meine Schwester und ich hatten uns dort ein Zimmer teilen müssen, und richtig warm wurde es in der Wohnung auch nie, obwohl Strom ja im Überfluss vorhanden war. Meine Eltern saßen abends oft mit einer Flasche Wein auf dem Fußboden vor dem zusätzlich betriebenen Radiator und besprachen, wie es weitergehen sollte.

Sie sahen sich schicke Altbauwohnungen an stark befahrenen Straßen an und schritten bedächtig durch günstige Hochhauswohnungen in fragwürdigen Bezirken. Dann entschied mein Vater: »Wir bauen!«

Im östlich-ländlichen Außerhalb gab es viel Boden, der für die Landwirtschaft nicht mehr rentabel war und als billiges Bauland verkauft wurde. Deshalb kamen in unserem Neubaugebiet einige Stadtwerker-Familien zusammen, obwohl die Entfernung zur Arbeit nun fast siebzig Kilometer betrug.

Wenn mein Vater Zeit hatte, fuhr er zwischen seinen Diensten raus aufs Land und mauerte mit Hilfe von Arbeitern aus dem Dorf den Keller. Bis der große Tag kam, an dem riesige Fertighausteile auf noch viel riesigeren LKWs geliefert wurden und wir den Zusammenbau unseres neuen Zuhauses bestaunten.
Die Stromkabel wurden in langen Nächten selbstverständlich eigenhändig von meinem Vater und seinen Kollegen verlegt. Wenn meine Mutter mit mir und meiner Schwester mal wieder zur Besichtigung des Baufortschritts anrückte, präsentierte er uns stolz detaillierte Zeichnungen, leere Bierflaschen und bunte Schlafsäcke. Irgendwann im Sommer gab er dann das Signal zum Umzug. In großen Zimmern mit farbigem Teppichboden thronten neue Kinderzimmerkombinationen aus pflegeleichtem Kunststoff-Furnier. Und mein Vater baute uns einen Sandkasten in die Landschaft, die mal unser Vorgarten werden sollte.

Der Aufbruch
1977–1980

Glaube, Liebe, Hoffnung

In dem kleinen Dorf am südlichen Ausläufer eines Mittelgebirges war man evangelisch. Jedes Dorf hatte eine eigene Kirche, und die war – evangelisch. Die wenigen katholischen Bauten sind hier erst nach 1945 entstanden, als die Bevölkerungsverschiebungen des Krieges und der Nachkriegszeit einige Katholiken in die Gegend verschlugen.

Wir Kinder kannten nur die Entweder-oder-Frage. Evangelisch oder katholisch, wobei letzteres schon ziemlich ungewöhnlich war. Menschen, die einer anderen oder gar keiner Religionsgemeinschaft angehörten, hatten wir noch nie getroffen.

Bei welcher Kirche ich nun war, spielte für meinen Kinderalltag eigentlich keine große Rolle. Meine Mutter war als Tochter einer Westpreußin katholisch – wie alle in Westpreußen, versicherte meine Oma –, meine Schwester und ich daher auch. Denn für eine diffamierend »Mischehe« bezeichnete Verbindung, wie meine Eltern sie führten, wurde eine katholische Hochzeit nur gegen das Versprechen erlaubt, die Kinder im katholischen Glauben zu erziehen. Und diese Aufgabe fiel unserer Mutter zu. Mein evangelischer Vater durfte ja nicht mit uns gemeinsam am römisch-katholischen Abendmahl teilnehmen.

Da ich mit diesem Riss, der sich in Glaubensfragen durch unsere Familie zog, aufwuchs, war es für mich ganz normal, dass ich am Heiligen Abend nur mit meiner mütterlichen Verwandtschaft in die Kirche ging. Genauer gesagt: Meine Mutter setzte mich bereits am Nachmittag vor dem festlich geschmückten Eingang ab. Ich saß ganz vorne auf Großmutters Klappkissen, hielt ihr den Platz frei und das Kissen warm. Mehrere Stunden lang beobachtete ich die letzten Vorbereitungen, immer stärker eingekeilt zwischen langsam eintröpfelnden Pelzmänteln und Hüten.

Kurz bevor der Gottesdienst begann – die Kirche war inzwischen voll mit Katholiken aus der ganzen Region –, traf der Rest meiner Familie ein. Meine Mutter führte meine gebückt laufende Oma durch die Reihen nach vorn, wo ich Platz machte und endlich stolz das anerkennende Nicken der Gemeinde entgegennehmen konnte. In weihnachtlicher Stimmung schritt ich dann ernst nach hinten ins Gedränge der Stehplätze.

Weil die katholische Kirchengemeinde vorwiegend aus alten Leuten bestand, folgte aber nun leider kein Krippenspiel, sondern nur ein für uns Kinder wenig aufregender Gottesdienst. Wenn der Bläserchor die kleine Nachkriegskirche mit »Stille Nacht, Heilige Nacht« erschütterte, war es geschafft und wir konnten endlich zur Bescherung nach Hause.

Währenddessen saß Vater zusammen mit seiner Mutter in einer protestantischen Kirche, wo es vor Kindern nur so wimmelte. Wenn wir heimkamen, warteten die beiden schon bei einer Flasche Kräuterlikör auf der Couch.

In der Grundschule gab es eine Zeit lang keinen katholischen Religionsunterricht, und so verbrachte ich die Freistunden mit einem Jungen aus meiner Klasse, der ebenfalls katholisch war. Dass wir am evangelischen Unterricht teilnehmen könnten, stand nie zur Diskussion. Während die Mitschüler ihr Gewissen erforschten, durften Markus und ich im Lehrerzimmer *Mensch ärgere dich nicht* spielen.

Die besondere Zweisamkeit machte uns schnell zu Heiratswilligen, denn die Schwierigkeiten der Mischehen waren mir wohl bekannt. Ganz öffentlich haben wir diese Beziehung nie gemacht, aber als Zeichen unserer Verbundenheit trugen wir immerhin Coladosen-Ringe. Verziert mit Edelsteinen, die Markus aus seinem Radiergummi geschnitzt hatte.

Alle meine Freundinnen wussten natürlich Bescheid. Wir vereinbarten einen Hochzeitstermin und schmückten mein Kinderzimmer für den großen Tag. Jede bereitete sich auf die ihr zugedachte Rolle bei der Hochzeitszeremonie vor, und sogar meine Mutter war in das bevorstehende Großereignis eingeweiht.

Aber Markus kam nicht, obwohl er es fest versprochen hatte. Da er einige Kilometer entfernt auf dem Berg wohnte, dachten wir lange, er hätte sich bloß verspätet. Aber als es dann dunkel wurde, und die ersten nach Hause mussten, übernahm Sandra seine Rolle – vielleicht zum ersten Mal wurden zwei Frauen nach katholischem Ritus getraut.

Zur Kommunion trug ich ein schönes Kleid mit Strassknöpfen. Davor hatte ich mit Fräulein Henriette, der Haushälterin unseres Pfarrers, im Erstkommunionunterricht stundenlang geübt, wie man die Festtagskerze richtig in die Kirche balancierte. Während meine Mutter in ihrer roten Citroën-Ente eine Zigarette nach der anderen rauchte, probten wir paarweise, ernst, aber mit leeren Händen den feierlichen Einzug.

Die Kommunionfeier war eher ein dröges Familienfest im rustikalen Restaurant einer nahegelegenen Kleinstadt. Meine evangelischen Dorffreundinnen schienen von diesem Ereignis auch wenig beeindruckt, versprach ihnen doch die Konfirmation außer großen Geldgeschenken für ein Mofa dazu noch den echten Eintritt ins Erwachsenenalter.

Als sich einige Jahre später der für uns zuständige katholische Pfarrer zur Ruhe setzte, trat an seine Stelle der eher monströse Kaplan Kress.

Kress war noch relativ jung und erklärte sich bereit, für die wenigen Katholiken in der Schule wieder Religionsunterricht abzuhalten. Der korpulente Riese bohrte sich während seiner Stunden mit dem Autoschlüssel im Ohr und beobachtete versonnen, wie wir mit den von unseren Großmüttern geliehenen Rosenkränzen beten übten oder die Geschichte vom Heiligen Martin nachstellten. Dabei durfte ich in der Rolle einer Bedürftigen am Boden liegen – weil der Kaplan mich in sein großes Herz geschlossen hatte, als er meiner Großmutter und ihren beiden Schwestern, die inzwischen in unsere Nähe gezogen waren, seelsorgerische Besuche abstattete.

Wenn er sich bei den alten Damen verabschiedete, begleitete ich ihn noch zum Auto. Er öffnete den riesigen Kofferraum und ich musste mich weit hinein bücken und mir von einem großen Stapel eine Tafel Luftschokolade nehmen. Ob die Tafeln geweiht waren, weiß ich nicht, aber irgendetwas muss es mit der Luft in der Schokolade ja auf sich gehabt haben.

Dann gab er mir die Hand, in der er gerade noch seinen Autoschlüssel gehalten hatte.

Der Pate

In unserem Dorf waren nicht nur alle evangelisch, sondern auch alle miteinander verwandt. Selbst Familien, die nach dem Krieg als Sudetendeutsche hierher gekommen waren, hatten sich dreißig Jahre später in ihrer Lebensweise und Sprache nun so weit assimiliert, dass mir keine Unterschiede auffielen. Auch sie schienen mittlerweile mit allen anderen verwandt zu sein. Mona erklärte mir das an einem Beispiel. »Des is gans eivach. Dem Andon sei Ilse ihrn Brudä is von de Emilie ihrn Schwacher de Kusseng.«

Meine Verwandtschaft lebte mindestens sechzig Kilometer entfernt – unvorstellbar weit weg. Wenn ich durch das Dorf streifte, fühlte ich mich bindungslos, ein bisschen wie im Urlaub.

Weil sich die »echten« Verwandtschaftsbezüge nun aber doch nicht immer anwenden ließen, zogen meine Freundinnen ihren Joker aus der Tasche. Wenn sie einer kittelbeschürzten Frau auf der Straße begegneten, die sie verwandtschaftlich nicht einordnen konnten, musste sie zumindest eine »Godi« sein, was sie mir als »Patentante« übersetzten.

Meine Freundinnen trugen als Zweitnamen den Vornamen ihrer Patentante. Mona unterschrieb in meinem Poesiealbum mit »Mona Adelheid« und Sandra hatte ein Frühstücksbrettchen, in das ihre Tante auf dem Weihnachtsmarkt »Sandra Gertrud« hatte einbrennen lassen. Irgendwann musste es ja passieren. Sie fragten mich, wie mein Zweitname laute.

»Ich hab' keinen.«

Sie ließen nicht locker. Jeder Mensch müsse doch einen Zweitnamen haben.

»Aber nein, glaubt mir – ich hab' keinen.«

Also versuchte Mona es anders. »Wie heißd dann dei Godi?«, und alle Köpfe drehten sich zu mir. Wir saßen zu viert in Monas Kinderzimmer.

»Hab' keine«, versuchte ich nuschelnd das Thema zu beenden.

Nach einigem Bohren musste ich dann doch zugeben, dass es da jemanden gegeben hatte bei meiner Taufe – einen unverheirateten Studienfreund meines Vaters, den er aber leider aus den Augen verloren habe.

Mein Vater hatte mir mit glänzenden Augen von wunderbaren Ausflügen in die Weinberge an der Mosel erzählt. Mit »Hans-Günther«. Diesen Namen pressten meine Freundinnen schließlich aus mir heraus.

Nach kurzem, entsetztem Schweigen lachten sie hell auf und kriegten gar nicht genug davon, meinen vollen Namen inklusive Zweitnamen in gekünsteltem Hochdeutsch nachzuäffen.

Meine Schwester hatte eine »richtige« Patentante. Renate war eine Schulfreundin unserer Mutter, »aus gutem Haus«, Staatsanwältin, verheiratet mit einem Abteilungsleiter aus einem Pharmaunternehmen.

Die Freundschaft zu meiner Mutter war zwar nicht mehr so innig wie zu Schul- und Studienzeiten, aber immerhin brachte die Patentante bei ihren Besuchen meiner Schwester stets Geschenke mit. Für mich fiel dann und wann auch ein Trostpflaster ab, doch meine Schwester bekam einfach so eine Armbanduhr, ein Radio und dazu noch jedes Jahr ein Paket zum Geburtstag.

Die Mutter meines Vaters stand dafür ganz auf meiner Seite. Als ich acht war, besuchte ich sie für einige Tage. Sie nahm mich an der Hand und führte mich zum nahegelegenen prächtigen Elternhaus meines sogenannten »Patenonkels«.

Die dunkle hölzerne Haustür aus den Dreißigern wurde von einer kleinen grauhaarigen Frau geöffnet. Nach kurzem Zögern erkannte sie meine Großmutter, die mich, vorwurfsvoll die Augenbrauen zusammenziehend, bereits vor sich her ins Haus schob. Als ich in der Mitte eines hochflorigen Teppichs angekommen war, eröffnete sie ihr, fast drohend: »Guggesisch dess mal an, dess issem Hansgünder sei Padekind.«

Beschämt schlug die alte Dame ihre Hände an die Wangen und schob mich auf das Sofa, während Großmutter ihr einen Vortrag darüber hielt, wie ihr Sohn seine Patenpflichten vernachlässige – keine Anrufe, keine Besuche und all die Jahre keine Geschenke! Die Mutter von Hans-Günther kam kaum zu Wort, als Oma ihr die Versäumnisse ihres Sohnes aufzählte, und huschte daraufhin aus dem Zimmer.

Wir hörten sie eine ganze Weile im Haus hin- und hertrippeln. Schließlich kehrte sie mit einem waschlappenfarbenen Pullover zurück, in dem sie die gesammelten Bargeldbestände des Hauses, kleine Scheine und viele Münzen, versteckt hatte. Am Ende packte sie die 54,30 DM in einen Gefrierbeutel und drückte ihn mir schuldbewusst in die Hand. »Isch hab auf die Schnell neddemal en Kuwehr gefunde.«

Zufrieden gab Großmutter das Signal zum Aufbruch, während die Hausherrin versprach, dem knapp vierzigjährigen Sohn anständig die Leviten zu lesen. Von dem Geld erfüllte ich mir einen Mädchentraum. Ich kaufte mir das neue Barbie-Wohnmobil mit sämtlichen Sonderausstattungen.

An einem Samstag im Hochsommer 1977, ich war sieben Jahre alt, besuchten wir Renate, die Patentante meiner Schwester, im Taunusstädtchen Oberursel. Das in den 60er Jahren erbaute Haus der Familie war von stattlicher Größe, hatte einen großzügigen Eingangsbereich und ein Treppenhaus aus hellbraunem Marmor, nach rechts kam man in ein riesiges Wohnzimmer mit einer Glasfront, die einen Panoramablick auf den parkähnlichen Garten mit eigenem Schwimmbad bot.

Genaugenommen sei das nur ein rechteckiges, unbeheiztes, hellblau ausgemaltes Betonloch mit Wasser drin, meinte meine pragmatische Mutter immer, wenn ich sie voller Neid zu überreden suchte, dass wir auch so ein Schwimmbad im Garten haben müssten.

An diesem Nachmittag Ende Juli aßen wir nach feststehendem Ritual zuerst Kuchen und machten danach einen Rundgang durch den Garten. Nach dem Pflichtprogramm durften meine Schwester und ich mit Barbara, der Tochter des Hauses, endlich im Schwimmbad herumtollen. Am Abend wurde es beim Grillen auf der Terrasse gemütlich. Die Eltern tranken jugoslawischen Wein und führten Erwachsenengespräche. Zwischendurch hörten wir Martinshörner, die immer näher kamen. Immer mehr davon.

Nach dem Essen spielten wir noch ein bisschen oben in Barbaras Zimmer, dann mussten wir das schöne Haus auch schon verlassen.

Von der Rückbank unseres weißen VW K70 aus konnte ich auf dem Heimweg mehrere Polizeihubschrauber beobachten, die aufregend niedrig kreisten.

Wie wir später erfuhren, war Jürgen Ponto in unmittelbarer Nachbarschaft von der RAF erschossen worden.

Susanne Albrecht, die bei dem Überfall als ›Türöffnerin‹ mitgemacht hatte, war die Schwester von Pontos Patenkind.

Westlich von Frankfurt

Meine Eltern wuchsen in verschiedenen Vororten von Frankfurt auf, westlich vom Zentrum. Das hört sich fast so vornehm an wie »Westend« – war es aber nicht. Die beiden ehemaligen Bauerndörfer wurden erst Ende der 20er Jahre eingemeindet, als dort große Arbeitersiedlungen entstanden.

Die Mutter meiner Mutter kam in dieser Zeit als junge unverheiratete Frau mit ihren beiden älteren Schwestern auf Arbeitssuche aus Westpreußen nach Frankfurt, wo sie später alle drei heirateten.

Im Krieg flohen sie vor den Bombenangriffen auf die Stadt in ihre alte Heimat. Meine Oma mit drei kleinen, zum Teil im Krieg geborenen Kindern. Dort auf dem Land, im heutigen Polen, verbrachte meine Mutter mit ihren Geschwistern den Krieg, ohne wirklich viel mitzubekommen.

Anfang 1945 kam »der Russe«, und meine Großmutter war ein weiteres Mal mit ihren Kindern auf der Flucht, meine Mutter wurde gerade fünf Jahre alt. Ihre Odyssee führte sie über das zugefrorene Haff, dann zu Fuß und per Bahn weiter nach Hamburg, bevor sie schließlich alle vier einigermaßen heil in Frankfurt ankamen. Meine Mutter hat über die Frostbeulen an ihren Händen und Füßen lange kein Wort verloren.

Auch Großmutter öffnete sich uns gegenüber erst, als sie schon über achtzig war. Zögerlich erzählte sie mir in ihrem elegischen westpreußischen Leierton von ihren Erlebnissen. Eine über viele Jahre reduzierte Geschichte von ihrem Schicksal und ihrem Handeln.

»Nejnejnej«, sagte sie, »das hat alles nicht sollen saijn.«
Leichen, Gräueltaten und die große Politik klammerte sie aus, wie sie da auf der Kante ihres Pflegebettes saß, ihr Kopf wackelte dabei, und mir berichtete.

Sie erzählte mir, wie sie auf der Flucht zurück nach Frankfurt ihre Kinder, sechs, fünf und drei Jahre alt, alleine auf dem Hamburger Bahnhof zurücklassen musste, um ein Formular für die Weiterreise zu besorgen, und wie schwierig es war, auf ihrem Weg durchs Wendland Milch für die Kinder zu organisieren. Sieben oder mehr Bauern hatte sie abgeklappert, bis sie auf einen Mann traf, der sie mit in seine Wohnung nahm, und Milch in ein Glas füllte. Ohne ein Wort zu sagen. »Eine Umarmung zum Abschied«, sagte sie, »die ich nie vergessen werde. So fest und warm.« Und diese Milch sei die beste gewesen, die sie je getrunken hätten. »Jeder nur einen Schluck, aber wie gut sie war, das kannst du dir gar nicht vorstellen – dieser Geschmack. Kuhmilch, in dieser Zeit.«

Dann verließ Großmutter das Zimmer. Als sie zurückkam, drückte sie etwas an ihre Brust, sie hatte Tränen in den Augen. »Das ist es«, sagte sie, »das ist das Glas.«

Ihr Mann starb im Krieg und wurde weit weg, tief im Osten begraben. Sie hat nicht wieder geheiratet. Es gab noch einmal einen Mann, mit dem sie gerne zusammengelebt hätte, aber der Familienrat der Schwestern war nicht einverstanden. Und Großmutter hatte nicht die Kraft, sich zu wehren.

Als ich aufwuchs, lebten die drei Schwestern bereits als Wohngemeinschaft im nahe gelegenen Rödelheim, wo die ganze Familie oft zu großen Feiern zusammentraf. Ihre Wohnung lag in einem einfachen Arbeiterhaus mit einem kleinen Hof und ein paar Nebengebäuden, die für die Landwirtschaft vorgesehen waren, inzwischen aber einer Autoschlosserei als Lagerräume dienten.

Durch eine nur angelehnte Tür gelangte man ins Treppenhaus. Auf halbem Stock befand sich die Toilette und der Eingang zum Zimmer der mittleren Schwester. Im ersten Stock, gleich hinter der Wohnungstür, war die Küche. Daneben das Bad, nicht viel mehr als ein langer Schlauch mit Wanne, auf der als Abdeckung eine Holzplatte angebracht war. Das Schlafzimmer der ältesten Schwester ganz hinten, davor das Wohnzimmer, in dem nachts meine Großmutter schlief.

Die Küche war verhältnismäßig groß, mit schönen alten Holzmöbeln. Auf dem Küchenschrank stand ein kleiner Schwarz-Weiß-Fernseher, das modernste Elektrogerät in der ganzen Wohnung. Er machte die Küche zum Aufenthaltsraum der drei Frauen mit dem gleichen grauen Haar. Und zum Anziehungspunkt für uns Kinder: Zuhause durften wir nachmittags nie fernsehen, wir kannten nur Vorabendserien wie *Polizeiinspektion 1* oder *Ein Colt für alle Fälle*. Samstag nachmittags bei den Familienfesten lief leider immer nur *Bonanza*, damals fand ich das furchtbar langweilig.

Bei den Familientreffen wimmelte es nur so von Kindern, die es bald nicht mehr im Haus aushielten und am liebsten zu einer nahgelegen Brauereiruine loszogen, auf deren Dächern junge Birken wucherten. Wir kletterten die rostigen Leitern hinunter in die unterirdischen Tanks, Stufe für Stufe verdickte sich die Luft, wurde feuchter. Die letzte Sprosse war gut einen Meter vom Boden entfernt. Es war fast unmöglich, aus eigener Kraft wieder ans

Tageslicht zu kommen. In dem Tank richteten wir unsere Parallelwelt ein, mit Zeitschriften, Haargummis, Tortenstücken, Kerzen und anderen Schätzen, die wir aus dem Haushalt meiner Großmutter entwendeten. Meine Schwester schlug mit einem Stein gegen die Blechwand und imitierte das Dröhnen detonierender Bomben. Wir anderen aßen Buttercremetorte.

Nachdem wir einmal meinen kleinen Cousin dort vergessen hatten, und die gesamte Verwandtschaft den 78. Geburtstag meiner Großtante damit verbrachte, ihn mit Taschenlampen und Kerzen in der geheimen Unterwelt zu suchen, durften wir nie wieder dort spielen.

Auf Initiative einer Tante, die als Gymnastiklehrerin arbeitete, mussten wir stattdessen jetzt nach dem Tortenessen einen Trimm-dich-Pfad ablaufen, wobei ihre streberhaften Töchter genau darauf achteten, dass jede Station korrekt abgearbeitet wurde.

Bis ich zehn war, wurde Weihnachten im Zimmer meiner Oma gefeiert. Bescherung in der Großfamilie hieß, dass jede Familie einen großen Wäschekorb mit Geschenken für alle anderen Familien mitbrachte. Hinterher war ich meist enttäuscht: Die Geschenke, die unsere Mutter für meine Cousinen besorgt hatte, waren viel schöner und teurer. Ich hatte dafür nur miesen Krempel bekommen. Eine Makramee-Eule. Einen weinroten Kunstledergürtel.

Als die drei alten Frauen so um 1980 beschlossen, alt zu sein, zogen sie in unser Nachbardorf. Sie fanden, meine Mutter müsse sich um sie kümmern und verschanzten sich sonst in einem Haus und in einer Gegend, die ihnen nichts bedeuteten. Mutter fuhr täglich hin und erledigte die Einkäufe für die übellaunigen Schwestern. Seitdem fanden die großen Familienzusammenkünfte bei uns zu Hause statt.

Nur mein Vater passte da nicht so rein. Er war weder preußisch noch katholisch, und seine Familie stammte aus Süddeutschland. Seine Großmutter war ursprünglich mit einem Metzger verheiratet, der im Ersten Weltkrieg fiel. Dann arbeitete sie als Haushälterin, bis sie die Frau eines Polizisten wurde, der sich in den beiden Weltkriegen eine ansehnliche Sammlung Orden erschossen haben soll. 1936 bauten sie in Frankfurt, im Stadtteil Nied, ein kleines Mehrfamilienhaus, in dem auch mein Vater aufwuchs. Ganz in der Nähe der Farbwerke Hoechst, dem großen Arbeitgeber und Gönner der Stadt, von dem meine Großeltern immer nur mit Hochachtung sprachen. Meine Großmutter hakte sich gerne bei mir ein und erzählte schmunzelnd von den 20er Jahren. Wie die im Garten aufgehängte Wäsche mit bunten Farbsprenkeln aus den Fabrikschornsteinen übersät war, als sie trocken war. »Du prauchsd ned zu denge, dasses äschendwie dräggisch gewese wär oder geschdunge hädd vom Schonstein, einvach nur kundäbund.«

Großmutter hatte Friseuse gelernt, gab den Beruf aber nach der Geburt meines Vaters kurz vor dem Zweiten Weltkrieg auf. Zuhause am Küchentisch frisierte sie ihren Freundinnen und Bekannten die Haare bis ins hohe Alter. Ihr Mann arbeitete als technischer Zeichner bei den Adlerwerken in der Entwicklungsabteilung. Adler begann mit Schreibmaschinen, Sportwagen und Motorrädern, bevor sie im Krieg Fahrgestelle für Schützenpanzer produzierten. Was es genau damit auf sich hatte – danach durften wir nicht fragen. Mutter erzählte mir einmal, dass meine Großeltern zwar den Krieg in Frankfurt unbeschadet überstanden hatten, mein Großvater nach dem Krieg aber einige Zeit Berufsverbot hatte und erst in den 50er Jahren wieder als Hilfsarbeiter bei den Adlerwerken anfangen durfte. Erst nach und nach, da war Großvater schon lange tot, offenbarte die Forschung, dass dort massenhaft Zwangsarbeiter eingesetzt worden waren.

Im Geschichtsunterricht hieß es immer, wir seien eine ganz besondere Generation, die eine besondere Verantwortung für die Aufarbeitung der Vergangenheit trage. Herr Schmidt kam uns mit seinem dicken erhobenen Zeigefinger: Im Grunde seien wir ja eine schuldfreie Generation, und die letzte, die ihre Großeltern zum Nationalsozialismus und zum Krieg befragen könnte. Das sei unsere Aufgabe.

Ich stellte Fragen. Nutzte die Pausen, wenn wir Schiffsquartett spielten oder vor alten Fotos saßen. Die Antworten waren ernüchternd.

Nichts habe ich aus meinen Großmüttern über das Dritte Reich herausbekommen. Die Mutter meiner Mutter erzählte, wenn überhaupt, nur von der beschwerlichen Nachkriegszeit. Die Mutter meines Vaters wiederholte immer wieder, dabei mit spitzen Fingern ihre Stützstrümpfe hoch- und runtermassierend, dass in der Nähe ihres Frankfurter Hauses eine Bombe eingeschlagen habe. Dann hielt sie mir einen langen Vortrag darüber, wie durch die Detonation eines ihrer Küchenfenster zu Bruch ging. Auch bei den Gesprächen meiner Großmütter untereinander, wenn sie an Feiertagen bei uns auf dem Sofa saßen, wurde für mich als Kind nichts spürbar von ihren so unterschiedlichen Biografien und den Perspektiven, aus denen sie den Krieg erlebt hatten. Da lobten sie beide die Buttercreme und machten danach mit meiner Mutter einen Rundgang durch den Garten, um die von ihr angelegten Beete zu bewundern.

Der einfache Weg zum Reichtum

Der Weg in die Zivilisation war weit, Zivilisation im Sinn von solch einfachen Dingen wie normalen Schuhgeschäften oder Bildungseinrichtungen, die über die Grundschule hinausgingen. Das Schuhgeschäft auf dem Dorf funktionierte über einen kleinen Verkaufswagen. Wie das Bäckerauto wurde er neben dem Backhaus abgestellt, und unter lautem Klingeln öffnete der Fahrer, Chef und Verkäufer in Personalunion, eine große seitliche Klappe und präsentierte die neuesten Kreationen. Daraufhin schwärmte allmählich die Kundschaft aus den Bauernhäusern heran und machte es sich auf den vor dem Fahrzeug aufgestellten Hockern bequem. Bei uns im Neubaugebiet machten die Verkaufsautos nie halt.

Fahrende Bäckereien, Obst- und Gemüseläden und sogar eine fahrende Kreissparkasse kam ins Dorf. Sie sah aus wie ein ausrangierter Schulbus, dem man ein paar Milchglasscheiben und die rote Kreissparkassen-Aufschrift verpasst hatte. Mittwochs nachmittags wartete der Bus an der Haltestelle, dann konnte man hingehen und seine Geldgeschäfte erledigen.

Die Schule aber kam nicht zu uns. Also waren wir als Kinder dauernd unterwegs. Wir liefen jedoch nicht bullerbüesk in kleinen Grüppchen von Ort zu Ort, sondern hockten Ewigkeiten an Bushaltestellen und Bahnhöfen rum, weil das Nahverkehrssystem schon damals so lückenhaft war wie nach seinem Abbau.

Neben uns Schülern war tagsüber kaum jemand im Dorf auf der Straße, außer einigen alten Männern, die auf ein Schwätzchen spazieren gingen. Manchen von denen wollten wir lieber nicht begegnen. »Onkel Erwin« war ein echter Kinderschreck. Aus seinem dunkelrot angelaufenen verzerrten Gesicht näselte er pausenlos unverständliches Zeug, und er konnte einem überall auflauern. Den verstanden nicht mal die, die von hier waren. Schwerhörig muss er auch noch gewesen sein, denn unentwegt brüllte er seine Grunzlaute und wirren Satzfetzen hinaus, sodass wir uns zum Glück meist rechtzeitig verstecken konnten.

Sandra erzählte uns, er sei ein Cousin ihrer Tante Gerda. Im Zweiten Weltkrieg habe er als Flakhelfer rangemusst. Mit siebzehn! Und am letzten Kriegstag, habe er dann einen Schuss abgekriegt, seitdem sei sein Gesicht so. Nun war er als lebendes Mahnmal unterwegs.

Im Bus spiegelte sich die Hierarchie unter den Schulkindern wider, über die Schuljahre hinweg saß man sich da gewissermaßen hoch. Die umkämpftesten, hintersten Reihe des »Ziehharmonikabusses« hatten sich die großen Jungs reserviert. Auf Schlaglochstrecken wippten sie dort grölend auf und ab, und wenn sie in einer scharfen Kurve dann noch auf der einen Seite der blauen Kunstlederbank aneinandergequetscht wurden, war das für sie pures Glück.

Pubertierende Mädchencliquen bevorzugten »Vierersitze«, wo man sich paarweise gegenüber saß, und ein Gefühl der Intimität für vertraulich geflüsterte Lastereien entstand. Die große Meute aber musste sich auf die gewöhnlichen Bänke verteilen, oder dicht gedrängt im Gang stehen. Am Ende war der Bus voll gestopft, und vorne beim Busfahrer saßen nur diejenigen, die auch in der Schule gerne direkt am Lehrerpult klebten.

Der erste Tag in der neuen Schule, »additive Gesamtschule« nannte sich die, begann für die fünften Klassen mit einem Empfang.

Einige Siebtklässler führten in der Aula, wo zwischen den martialischen Sichtbetontreppen eine Bühne aufgebaut war, kleine Parodien auf, die man aber kaum mitkriegte, weil der Lehrer von der Akustik AG krank geworden war, und niemand die Mikrofonanlage in Betrieb setzten konnte. Deshalb hielt der Direktor darauf eine auf das Wesentliche gekürzte Rede, schreiend mit magentafarbenem Gesicht. Irgendwas über den kooperativen Gedanken und die drei Säulen der Schule.

Der wichtigste Begrüßungsteil drehte sich um die Aufteilung der Klassen. Aus meiner neuen Klasse hatte ich nur einen schon mal gesehen, auch ein »Zugezogener«, denn meine alten Freunde aus dem Dorf kamen auf einen anderen Schulzweig. Bei mir war schon nach dem ersten Besuch meiner Mutter, »vonerrer Schdudiäde«, bei der Grundschullehrerin klar, dass ich ein Kind mit besonderer Begabung sei und eine Gymnasialempfehlung erhalten müsse. Meine Grundschulfreundinnen, Mona etwa, wurden von ihren Eltern zum Besuch der Hauptschule gedrängt, schließlich wären sie selbst ja auch »plohs uff die Volgsschoul gange.«

Bei der Einführung waren meine Eltern selbstverständlich mit. Mein Vater hatte uns mit dem Auto gefahren. Am nächsten Tag stellte sich heraus, dass ich die Neuverteilung der Plätze im Bus verpasst hatte. Die Sitzordnung wurde praktischerweise immer am ersten Schultag nach den Sommerferien ausgehandelt. Wer aus unserem Ort kam, war dabei sogar priviligiert, weil der Bus auf der sogenannten »Ostroute« seine Tour über die Dörfer bei uns startete. Nur ich nicht, weil ich den wichtigen Vergabetermin auf der Rückbank unseres Autos zugebracht hatte.

Am Morgen des zweiten Schultags, als ich ahnungslos den Bus bestieg, war höchstens ein Drittel belegt, aber ich musste, wie mir unmissverständlich angezeigt wurde, stehen, weil alle anderen Plätze bereits für später zusteigende Kinder reserviert waren.

Nach einem Jahr Beine-in-den-Bauch-stehen konnte ich endlich einen Sitzplatz ergattern, der allerdings ausgerechnet neben dem von Cäcilia Korn lag, da wollte sonst keiner hin. Sie trug Jeans mit Bügelfalten, das ging schon mal gar nicht. Weil sie zwei Klassen höher war als ich, durfte sie abends schon länger aufbleiben und konnte mir im Bus minutiös die aktuellen Folgen von *Drei Engel für Charlie* nacherzählen. Was mich überhaupt nicht interessierte, aber es gab mir die Gelegenheit, mein Umfeld genau zu beobachten.

Ich war in Sachen geheimer Ermittlung unterwegs: Inzwischen war nach der Ermordung Pontos auch Hans-Martin Schleyer entführt und erschossen worden – ich hatte im Fernsehen gesehen, wie er sich in einer Videobotschaft an den Bundeskanzler wandte. Die Terroristen hatten sogar ein großes Flugzeug entführt. Die ganze Bundesrepublik war bis in die hintersten Winkel alarmiert.

Als meine Mutter eines Tages auf dem Weg zum Supermarkt mit ihrer »Ente« die Abkürzung über einen

Feldweg nahm, wurde sie plötzlich von einem Polizeiauto mit Blaulicht überholt, das sich in einer wirbelnden Staubwolke vor ihr querstellte. Zwei Polizisten in Kurzarmhemden befragten meine Mutter nach Kontakten zur Roten Armee Fraktion.

Inzwischen hingen im ganzen Land Fotos von den gesuchten RAF-Terroristen. Tag für Tag studierte ich die Fahndungsplakate und Tarnnamen, die an allen Bahnhöfen und Bushaltestellen jedes noch so kleinen Ortes, sogar in unserer Telefonzelle, ausgehängt waren. Bis zu 800.000 DM Belohnung für Hinweise, die zum Ergreifen der Gesuchten führen, ein unfassbares Vermögen!

Auf der Fahrt zur Schule hatte ich genügend Zeit, mir die Gesichter intensiv einzuprägen, es waren ja ohnehin immer die gleichen. Jeder Fremde ließ mich sofort aufmerksam werden. Ich hatte einen genauen Plan ausbaldovert, wie ich zum Busfahrer stürmen, über seine Schulter hinweg den orangefarbenen Knopf »Tür zu« drücken und ihn nötigen würde, nonstop zur nächsten Polizeistation zu fahren, um den Terroristen dort gegen einen großen Koffer mit Bargeld zu übergeben.

Ich bin mir ganz sicher, dass Adelheid Schulz niemals an unserer Bushaltestelle gesessen hat.

Die Wahrheit

Im Jahr 1979 wurde uns zu Beginn der fünften Klasse der *Diercke Weltatlas* ausgehändigt, ein schwerer dunkelblauer Hardcover-Band mit riesigen Titellettern, futuristischen hellblauen Wellen und gelb-orange-roter Weltkarte. Den *Diercke* mussten wir pfleglich behandeln, denn er gehörte weiterhin dem Hessischen Staat.

Dieser Atlas damals präsentierte auf den ersten Seiten »Deutschland«. Die beiden Karten »Übersicht Vegetation und Bodennutzung« und »Übersicht Bergbau und Industrie« ließen Deutschland am Stettiner Haff enden. Die dicke rote Grenzlinie umzingelte »ganz« Deutschland, im linken Teil stand ausgeschrieben »Bundesrepublik Deutschland«, im rechten kurz »DDR«, nur durch eine feine gestrichelte Linie voneinander getrennt.

Die nächste Seite zeigte »Mitteleuropa«, das sich konsequenterweise von Amsterdam bis nach Königsberg erstreckte – »Kaliningrad« stand klein in Klammern darunter. Dass dann die nächste Karte »Norddeutschland: Landwirtschaft und Wirtschaft« wieder bis ans Stettiner Haff reichte, war eigentlich klar.

Dahinter eine Serie über »Deutsche Landschaften«, die mit »Berlin und Umgebung« begann. Ein Blick in die Legende, und aha: Der auffällige rote Rand rund um ganz Berlin war die »Grenze von Berlin (Viermächtestatus)«, die unscheinbare graue Linie mitten durch die Stadt hieß »Grenze zwischen Berlin (West) und Ostberlin«.

Nun folgten nach und nach alle anderen Kontinente und Länder und danach die thematischen Karten. Sogar die Karte »Klima in Deutschland« mit bioklimatischen Zonen gab die Hoffnung auf ein Gesamtdeutschland nicht auf. Die Teilung Deutschlands und die Mauer als ihr manifestes Zeichen waren zu einer gestrichelten Linie verharmlost. In der Karte »Kulturland und Bodenzerstörung« stand Atlanta ganz selbstverständlich neben der kasachischen Metropole Karaganda, der »Strukturwandel der Landwirtschaft« zeigte neben bundesrepublikanischen Beispielen auch Beispiele aus der DDR: »Entwicklung zur LPG« und »Von der LPG zur Kooperativen Einrichtung«.

Ein paar Seiten weiter Weltkarten zur Energieversorgung und zum Rohstoffhandel, dahinter die Spezialkarten »Die Großrassen der Menschheit«. Hier wollte wohl jemand zeigen, wo die wirklichen Gefahren lauerten: Die Überschrift einer Karte hieß »Neger und Indianer in den USA. Das Vordringen der Neger in die großen Städte«. Dicke, farbige Pfeile richteten sich aus dem dunkelgrau gefärbten Südosten der USA (»über 50% Neger«) auf New York, Detroit und Los Angeles: »Überregionale Binnenwanderung der Neger (1940-1970). 1 mm Pfeilbreite = 200. 000 Personen«.

Da war nicht von Wanderarbeitern oder Gastarbeitern die Rede, sondern vom »Vordringen der Neger«. Damals fragten wir uns, ob die GIs bei uns vielleicht deshalb hinter Stacheldraht kaserniert wurden.

Kultureller Konsens

Die großen Feiertage der Verwandtschaft väterlicherseits ließen Oma und Opa in einer am Main gelegenen Frankfurter Traditionsgastronomie mit seniorentauglichem Anspruch ausrichten. Ich glaube, mindestens zehn runde Geburtstage und Edelmetallhochzeiten wurden dort im düsteren Festsaal mit bronzeschillernder Strukturtapete gefeiert.

Damen, die ihr Alter mit Färbung und Dauerwelle kaschieren wollten, saßen in gestärkten Festtagsblusen mit Rüschenkragen an einer langen, blumengeschmückten Tafel neben ihren vom Alter gezeichneten, kahlköpfigen und schwerhörigen Männern.

Auf den Tellern thronten dunkelgrüne textilartige Papierservietten in behäbiger Schwermut. Der Geschenktisch versammelte klassische Fresskörbe mit Wurstdosen, Kaffee und Schnaps und übergroße Pralinenschachteln im Feiertagsgewand. An der goldenen Zahl, die immer müde an irgendeinem Fresskorb baumelte, ließ sich später auf den Fotos ausmachen, was da gefeiert wurde. Der Siebzigste, der Fünfundsiebzigste?

Die Feste verliefen nach dem immer gleichen Strickmuster: Meine Schwester und ich in einheitlichen Kleidern. Und nach Betreten des Festsaals hatten wir erstmal eine Händeschüttelrunde zu drehen. Meine Schwester dämpfte meist das allgemeine Ah und Oh. Aber was blieb ihr übrig? Sie musste sich die Nase zuhalten, wenn Frau Reichert eins ihrer gefürchteten 4711-Erfrischungstücher auspackte.

Zur Begrüßung gab es für die Erwachsenen ein Gläschen deutschen Sekt, süß und magenbekömmlich musste er sein. Natürlich nicht im Stehen, das war der beigefarbenen Versammlung nicht zuzumuten. Alle saßen brav an der Tafel, an deren Mitte der Jubilar Platz genommen hatte.

Von nun ab brauchte man überhaupt große Ausdauer im Sitzen. Denn die Frankfurter Kränze, Schwarzwälder Kirschtorten, und Kiwi-Sahnetorten wurden nicht etwa an einem Buffet aufgebaut, sondern auf den langen Tisch gestellt. Das brachte Leben in die Runde: »Möschten Sie auch e Schtügg von der läggeren Madsipantotte, Hä Reischert?« »Ist die Mandarinentorte die einzige Diabetikertorte, liebe Martha?« »Frollain, könnden Sie bidde noch die Konntrohtorde auffüllen?« Es entspann sich ein wunderbares Interaktionsspiel, bei dem Teller und Tortenstücke herumgereicht wurden und sich immer eine Gelegenheit für einen netten Plausch fand. Aber so genau wollte man es gar nicht wissen.

Dass etwa das Ehepaar Heisel nach dem Krieg nach Argentinien ausgewandert war, nannte man »ein Leben im Dauerurlaub«. Zur Feier des Tages verlas meine Oma die Geburtstagskarte aus dem viel bestaunten Überseepäckchen und reichte den neugierigen Freundinnen das beigelegte goldene Armband.

Nach der Kaffee und Kuchen-Orgie brachte die mit weißen Rüschenschürzen verzierte, gestandene Bedienung die ersten Weinflaschen. »Wollese liebä süß oder halbdrogge?« Wohlklingende Tropfen wie »Schliernheimer Treppchen« und »Oppenheimer Krötenbrunnen« wurden mit Erdnüsschen und in Paprikapulver gewälzten Kartoffelchips kombiniert.

Nun wurden erst mal keine Geschenke ausgepackt, das war eine eiserne Regel. Mein Vater ging kurz zum Auto, um zu überprüfen, ob es auch richtig verschlossen war, Herr und Frau Bley zogen Fotos der letzten Busreise nach Oberstdorf hervor. Kein Spaziergang, kein Tanz, keine politische Diskussion, alle saßen einfach herum – bis das Abendessen kam. Und zwar nicht zu spät, man wollte ja trotz Seh- und Gehbehinderung noch mit dem eigenen Wagen zurück in den Vordertaunus fahren.

Da kamen sie endlich! Meine Oma klatschte vor Begeisterung in die Hände: Wurstplatten mit Blutwurst, Bierschinken, Schwarzwälder Schinken, garniert mit Gürkchen, Petersilie und Silberzwiebeln, dazu Käseplatten mit Gouda- und Edamerscheiben, gespickt mit Salzstangen- und Salzbrezeldekoration, farblich aufgefrischt durch Tomaten und Paprikapulver. Schmelzkäse mit Walnüssen, Eiersalat, Wurst- oder Ochsenmaulsalat, Butter in Rosettenform, Graubrot und Weißbrot und Pumpernickel.

Als Höhepunkt die Fischplatte mit Schillerlocken und Räucheraal, auch eine geräucherte Makrele durfte nicht fehlen. Die Fischteile versehen mit einem Kranz aus halbierten hartgekochten Eiern, auf denen lachsfarbener Fischrogen glänzte.

Meine Oma zelebrierte diese Nachmittage mit stoischer Grandezza. Nach dem Essen rieb sie sich den Bauch, meinte, das sei doch ein wenig »üppig« gewesen, und rülpste kurz. Sie nannte das kichernd ihr »Bäuerchen«, nach dem sie einen Schnaps gut vertragen könne. Schwarzwälder Kirschwasser, Ettaler Kräuterlikör oder auch Aquavit.

Sie trug eine lange goldenen Kette aus eckigen Gliedern, an der ein goldenes Amulett baumelte: Fortuna, die dafür sorgen sollte, dass an einem solchen Festtag auch niemand zu kurz kam.

Gewöhnliche Geburtstage feierte meine Großmutter bei sich zu Hause.

Auf jedem Tisch und Schrank ihres Haushalts lagen kleine Deckchen, darauf standen Kerzenständer. Die Kerzen waren noch in Folie verpackt, damit meine Oma sie leichter abstauben konnte. Griffbereit neben dem Ohrensessel meines Großvaters die *Hörzu*, die sie immer für den entsprechenden Tag aufschlug. Die eigenhändig mit Tiermotiven und Borten bestickten Sofakissen hatten eine präzise vorgegebene Position, genauso wie der Faltenwurf der Gardine. Meiner Schwester und mir bereitete es diebischen Spaß, mit einem Ruck die Gardine zur Seite zu schieben, das Fenster zur Straße aufzureißen, und vorbeieilende Fußgänger um Hilfe anzuflehen. »Wir haben Hunger! Bringen Sie uns etwas zu Essen!«

Überhaupt war der Haushalt streng nach den Bedürfnissen meines Großvaters eingerichtet. An der Garderobe war ein bestimmter Haken nur für seinen Hut reserviert, und sogar bei Kaffee und Kuchen herrschte das Patriarchat: Selbst die Henkel der Milchkännchen und die Tortenheber mussten so ausgerichtet sein, dass mein Opa sie leicht erreichen konnte. Meine Oma musste um den Tisch laufen, wenn sie an etwas nicht herankam.

Der Plattenspieler war im Wohnzimmer in einen kleinen Schrank eingebaut, in dem meine Oma auch ein paar uralte gruselige Kinderbücher aufbewahrte. Entgeistert blätterte ich manchmal durch die »Zehn kleinen Negerlein« und die Bilder zur »Schwäbschen Eisenbahn«, an deren Ende der blutige Kopf einer Ziege baumelte.

Als Kontrastprogramm johlten meine Schwester und ich dann zu den Heintje-Schallplatten meiner Großmutter. Wenn wir uns vollgegessen hatten und uns richtig langweilig wurde, zogen wir im Flur die Pelzhüte der Gäste auf und telefonierten wahllos in Omas Bekanntschaft herum. Dann stöberten wir rastlos durch die Wohnung. Am liebsten ins Schlafzimmer. Rechts neben dem Ehebett hatte meine Oma ihre Frisierkommode. Dort musste man auf den Bilderrahmen achtgeben mit verstaubten Schwarz-Weiß-Fotos von meinen Großeltern als jungem Paar, meinem Vater im Konfirmationsanzug und einem Hochzeitsfoto meiner Urgroßeltern. Ich interessierte mich besonders für ein Frisiertischset aus gelbem Kristallglas. Eine längliche Kammschale, ein Parfümflakon mit Zerstäuber und eine zierliche Dose. Wenn ich mit dem Finger die Staubschicht abwischte, funkelte das geschliffene Glas wie Edelstein. Wir sprühten uns gegenseitig so lange kreischend mit dem Zerstäuber ein, bis meine Oma uns aufspürte. Der Geruch an unseren Kleidern war so abstoßend intensiv, dass sie uns gleich ins Badezimmer beförderte, wodurch wir weiter von den Festivitäten verschont blieben.

Über dem Waschbecken war ein Glasregal angebracht, wo meine Oma ein für ihr Alter schon ungewöhnliches Kabinett an Fläschchen und Tiegeln versammelt hatte. Fein aufgereiht fanden sich da zwei Dutzend teure, streng riechende Lotionen und Cremes, die Jugendlichkeit und Schönheit versprachen, selbst aber schon ziemlich ranzig oder eingetrocknet wirkten. Als uns Faszination und Ekel vollständig zu überwältigen drohten, tat meine Schwester den erlösenden Streich. Sie schmierte mir einen mächtigen Klecks von der übelsten Creme in den Nacken und säuselte mir dabei ins Ohr, diese Rarität bestehe aus zentrifugierten Rinderhoden, deren Gestank ich auch durch lautes Brüllen den ganzen Nachmittag nicht mehr los werden würde.

Selektiv demokratisiert

Wenn wir an Wochenenden bei Familienspaziergängen durch den Wald nach Norden aufbrachen, kamen wir bald zu einer langgestreckten Gemeinde, deren Ortsteile bis auf die Höhen des Mittelgebirges reichten.

An der stark befahrenen Hauptstraße wurden Geschäfte betrieben, die es bei uns nicht gab, Apotheke, Juwelier, Metzger und sogar ein Eisenwarenladen. Während ich im Wald eher unwillig hinterhergeschlurft war, nahm ich mich hier zusammen, hielt mich aufrecht, verstaute die Brille in der Anoraktasche und versuchte, in meinen Kindergummistiefeln einigermaßen würdevoll auszusehen. Denn vor uns im Ortskern lag ein Schloss, in dem eine richtige Fürstenfamilie lebte.

Durch ein schweres schmiedeeisernes Tor führte die gepflasterte Schlossstraße bis zu einem mit zahlreichen Wappen geschmückten Torbogen. Der war Teil eines mächtigen Vorbaus, der den neugierigen Spaziergängern die Sicht weitgehend versperrte. Nur die große Auffahrt mit dem steinernen Brunnen konnte ich erkennen und bruchstückhaft Ausschnitte des eigentlichen Schlosses. Aber überall im Ort erzählte man, dass die Familie in Pracht und Reichtum lebe und sich die meisten Wälder rings um die Gemeinde seit Jahrhunderten in ihrem Besitz befänden.

Wenn wir mit der Schulklasse einen Ausflug in die Wälder unternahmen, hielten wir immer nach Wildschweinen Ausschau. Der Fürst hatte einen Saupark mit einem Zaun drumherum, damit er sie leichter jagen konnte. Die Bauern der umliegenden Dörfer gingen nur zum Brennholzsammeln in den Wald, wofür sie im Schloss Losholzscheine kauften. Das restliche Holz war für die Möbelfabrik des Fürsten bestimmt.

Beim Metzger wurde die Fürstin, wenn sie am Samstagmorgen in der Schlange für die Kartoffelwürste anstand, mit »Durchlaucht« angesprochen und unterwürfig bedient.

Als ich in die fünfte Klasse kam, saß dort überraschenderweise auch der älteste Fürstensohn. Keiner hatte Maximilian in einer Kutsche vorfahren gesehen, und gleich in der ersten Geographiestunde machte er Lissabon zur Hauptstadt von Schweden. Welch edle Zurückhaltung und aristokratisches Fingerspitzengefühl! So was merkt man als Mädchen gleich.

Ich fackelte nicht lang. Meine Freundin Katrin wohnte dem Ziel unserer Träume am nächsten, nicht einmal hundert Schritte vom Schloss entfernt. Da kam mir zugute, dass meine Mutter eine hohe Meinung von der Familie hatte, Katrins jüngere Schwester war bei ihr im Vorschulunterricht gewesen. Meine Mutter schwärmte immer noch: »Wie drollig die kleine Sarah mit ihrem schmuddeligen Röckchen und den aufgeschlagenen Knien … und dazu das lustige Kauderwelsch, da waren sie ja gerade aus Schottland gekommen … die Katrin ist ja auch ganz besonders nett. Ein intelligentes Mädchen.« Ich hatte keine Mühe, durchzusetzen, dass ich gleich nach der Schule mit zu ihr durfte.

Das alte, mit Eternitschindeln verkleidete Haus lag ohne schützenden Vorgarten direkt mit dem Gesicht zur Straße. Vom Gehweg aus betraten wir die ausgetretene Sandsteinstufe zur Haustür.

Katrin steckte den Schlüssel ins Schloss und zuckte zurück. Sie hatte vergessen, bei der Apotheke etwas abzuholen, also mussten wir noch mal los. Sie gab einen Zettel ab und bekam dafür eine Tube in die Hand gedrückt.

Bei Katrin zu Hause war es merkwürdig still. Die Küche war leer, keiner hatte für uns gekocht, niemand stellte uns Fragen über die Schule und unsere Hausaufgaben. Katrin stellte einen Kessel mit Wasser auf den alten Herd. Dann räumte sie krümelige Teller vom Tisch, stellte sie in die Spüle, schraubte die herumstehenden Marmeladengläser zu und wischte ein paar hässliche Kaffeeflecken weg. Als der Wasserkessel pfiff, brühte sie einen stark riechenden Tee auf, schüttete einige zerbrochene Blätterteigbrezeln in ein Schälchen, stellte es mit Teekanne und Blümchentasse auf ein Tablett und gab mir mit einer Kopfbewegung zu verstehen, dass ich ihr folgen solle. Wir gingen durch einen engen Flur mit welligem Linoleum, an dessen Ende eine schmale Holztreppe in den ersten Stock führte.

Das Zimmer oben wurde von einem wuchtigen Sofa dominiert, auf dem eine Frau mit offenem grauen Haar schlief. Katrin stellte das Tablett ab und zog unter dem Sofa einen Schuhkarton mit lauter zerdrückten Tuben und Verbandsmaterial hervor. Die Frau hob müde die Lider und legte ihre Hand sanft auf Katrins blonden Scheitel. »Kati, schön, dass du wieder da bist«, flüsterte sie. »Mami«, sagte Katrin zu meiner Verwunderung. »Ich habe die neue Salbe geholt, ich mache sie dir jetzt drauf.« Katrin stand auf und zog die grauen Vorhänge zur Seite, während sich ihre Mutter an einem Schal hochzog, der neben dem Sofa an einen Handtuchhaken geknotet war.

Ich stand noch immer unsicher im Türrahmen und sah zu,

wie Katrin als nächstes das schwere Federbett der Mutter wegzog und zwei pralle, dick verbundene Beine und ein altes Blümchennachthemd zum Vorschein kamen. Konzentriert wickelte Katrin die Verbände und Mulltücher ab. Ich erschauerte, als ich die großen offenen Wunden sah, und starrte sofort krampfhaft auf ein seltsames Gemälde an der Wand gegenüber. In dicken expressiven Ölfarben schielte mir eine uniformierte Kuh entgegen. Einer der Flecken an ihrem Nacken sah aus wie der Umriss der Vereinigten Staaten. Oder war es das Saarland?

»Bis später, Mami«, hörte ich Katrin sagen. Dann folgte ich ihr erleichtert die Treppe hinunter in einen unter dem Krankenzimmer gelegenen Raum. Hier im miefigen Halbdunkel hockte eine dürre Gestalt zusammengesunken vor einer Staffelei. Es war Katrins Vater. In einem dunklen Wollpulli saß er auf einem Hocker, wandte den Kopf und lächelte zu uns herüber. Dabei fiel ihm ein erloschener Zigarettenstummel aus dem Mundwinkel. Er drehte sich zu einem Tischchen, auf dem Becher und Konservendosen mit Farben und Flüssigkeiten herumstanden. Mit sicherem Griff fasste er einen Becher, trank einen Schluck daraus und fischte aus einer der Dosen ein Fünfmarkstück.

»Ür seid sicka hungrick. Holst du diör diese Lebadings bei die Mullars.«

Dankbar zog ich hinter Katrin her aus dem Haus und lief mit ihr schnell zur Metzgerei Müller hinüber, bevor die Mittagspause machte. Katrin bestellte zwei Leberkäsebrötchen und ließ sie einpacken. Still setzten wir uns auf eine Mauer, von der aus wir das Schloss sahen und uns in der Liste der Fürstinnenanwärterinnen ganz nach oben träumen konnten.

Nach zwei Stunden waren unsere Finger immer noch fettig und außer dem Kleinbus des Elektromeisters, der die Auffahrt zum Schloss hochgefahren war, hatten wir nichts Aufregendes gesehen.

Einige Wochen später war Katrin zum Kindergeburtstag ins Schloss eingeladen und berichtete am nächsten Schultag atemlos von riesigen Sälen, Bediensteten, von roten Teppichen auf breiten Treppen und prächtigen Kronleuchtern.

Dafür hat mir der Fürstensohn ins Poesiealbum geschrieben. Ich solle mich auf die wahren Werte besinnen, von weltlichen Zielen Abstand nehmen und meine Bildung vorantreiben. »Könne was und man wird dich kennen.« Seine Unterschrift bescheiden, ohne Adelstitel: »Dein Schulkamerad«. Danach konnten wir unsere egalitär-bildungsorientierte Unterhaltung leider nicht lange fortsetzen. Nach einem Jahr wechselte Maximilian auf ein Internat – in der Schweiz, hieß es.

Eigentlich war auch unsere Gegend spätestens seit 1945 demokratisiert worden. Aber die Grundstrukturen, wem was gehörte, folgten noch immer uralten Mustern. Die Faschingsumzüge führten selbstverständlich durch den Schlosshof, wo die Fürstenfamilie uns die Gnade erwies und majestätisch von der Schlosstreppe herab grüßte.

Versorger und Selbstversorger

Das Neubaugebiet, das sich auf dem Hügel rund um unser Fertighaus entwickelte, lag am Rande eines alten bäuerlichen Dorfes. Dort standen schon damals die meisten Ställe und Scheunen der Bauernhäuser leer. Gelegentlich langweilte sich im Stall noch eine einzige Kuh, die den Eigenbedarf der Familie an Milch abdeckte, in der Scheune war das Auto geparkt.

Eines Samstagnachmittags klingelte es bei uns, obwohl unsere Haustür, wie alle in der Gegend, nie zugesperrt war. Ein Mädchen aus dem Dorf hielt mir mit ausgestrecktem Arm schweigend eine verbeulte, fettige Milchkanne entgegen. »Wossstssubb«, lispelte sie. Ich rief meine Mutter zur Hilfe. Wir Neuankömmlinge wussten nicht, welche Ehre uns hier zuteil wurde. Skeptisch nahm meine Mutter die Kanne entgegen und hob zögernd den Deckel ab. Vorsichtig erkundigte sie sich, was es denn mit der dicken, weißen Fettschicht auf sich habe.

Als die Konfirmanden des Dorfes plötzlich mit Tellern voller Tortenstücke bei uns vor der Tür standen, waren wir zuerst genauso überrascht, begriffen aber doch viel schneller, worum es ging. Das Schlachtfest gehörte, wie wir bald erfuhren, noch in ein paar Familien zu den alljährlich durchgeführten Ritualen. Übernommen wurde das Schlachten und Zerlegen der Schweine inzwischen von einem Metzger, der dafür extra ins Haus kam. Der Großteil der nun anfallenden Unmengen von Wurst und Fleisch wurde geräuchert, eingekocht und eingefroren, ein riesiger Berg aber auch gleich in einem rauschenden

Fest verzehrt. So ein Tag, der durch ein fröhliches »mir schlachde« angekündigt wurde, war für das gesamte Dorf ein großes Ereignis.

Die sogenannte Wurstsuppe wurde an Nachbarn und Freunde als Zeichen der Sympathie verschenkt. Sie war die fette salzige Brühe, die im großen Kessel nach dem Wurstkochen übrig blieb, und wurde sonst den Gästen des Schlachtfests zusammen mit Blutwürsten, Schwartenmagen und Leberwürsten serviert.

Neben den Fettaugen schwammen in der Suppe auch Stückchen aufgeplatzter Wurst. Wenn man an einem Brühwürfel lutscht, bekommt man eine Ahnung von ihrem Geschmack. Meine Mutter brauchte sie nur mit etwas Wasser zu verlängern und dann Nudeln darin zu kochen, schon war das Essen fertig.

Die deftig riechenden Jacken der Schlachtkinder erinnerten uns morgens im Schulbus noch mehrere Tage an diesen großen Tag.

So richtige Bauern, also sogenannte Volllandwirte gab es kaum noch. Die wenigen Dorfjungen, die nachmittags noch in der Landwirtschaft mithelfen mussten, investierten viel in Kleidung und Parfüm, um nicht mehr nach Stall zu riechen.

Meine Freundin Sandra hatte noch eine ganze Menge Kühe, Schweine und Hühner zuhause und freute sich immer riesig, wenn sie mich Stadtkind in den Stall locken und mir Gruselgeschichten erzählen konnte. Von Hühnern, die Kindern die Augen auspickten, von wilden Ebern, die imstande wären, mich rücklings in ihren Trog zu schubsen.

Sie hatte gute Voraussetzungen, um ängstliche Stadtkinder zu erschrecken: Zu der Waschküche ihres Hauses musste man zwei Stufen runter in einen dunklen, niedrigen Raum. Auf der Fensterbank stand da eine Reihe von Urnen. Ihr Vater, nebenberuflich Totengräber der Gemeinde, nutzte diesen kleinen Keller als eine Art Zwischenlager. Natürlich fand Sandra immer einen Grund, mich dort hinunter zu schleppen. »Hierhinne, des krohsgoldene Ding, da is vonde Bärdda de Vadder drin, willste ma neigugge?«, fragte sie mich grinsend.

Anfang der 80er Jahre überzog man viele der Bauernhäuschen mit riesigen, modernen Anbauten, die wie Geschwulste über die kleinen Stammhäuser quollen.

Die Bauernkinder aus dem Dorf wollten meist keine Fertighäuser im Neubaugebiet, sondern zogen in den »Anbau«. Ein bisschen blieb so die klassische Wohnstruktur mit mehreren Generationen unter einem Dach erhalten. Im Inneren der Häuser merkte man oft noch sehr genau, ob man sich im Altbau oder im Anbau befand. Raumhöhe, Böden, Fenster, Öfen – alles war komplett anders, außen durch einen einheitlichen Verputz jedoch kaschiert.

Rund um die Häuser sah es jetzt viel moderner aus. Neben der Hofeinfahrt waren die Misthaufen verschwunden, stattdessen standen dort bepflanzte Blumenkübel aus Waschbeton. Die Fläche im Vorgarten, auf der die alten Leute Zwiebeln, Kohl und Stangenbohnen anbauten, wurde deutlich reduziert. Die junge Generation kaufte das Gemüse lieber im Laden.

Die Zugezogenen aus der Stadt brachten da ganz andere

Bedürfnisse mit. Sie hatten das raue urbane Leben satt und zogen aufs Land, um von nun an alles viel »ursprünglicher« anzugehen. Sie bauten dort zwar Fertighäuser, die genau den Normvorstellungen von familiärem Leben in den 70er Jahren entsprachen – Küchen etwa, in der nur eine Person arbeiten konnte – begannen aber, als kleine Ableger und Sympathisanten der Landkommunenbewegung, ihre gerade erst angelegten Vorgärten umzugraben, um dort Weißkohl zu pflanzen.

Bei uns gegenüber kaufte ein weißhaariges Paar aus der Stadt ein großes Doppel-Grundstück. Zuerst zimmerten sie sich in mühevoller Handarbeit eine hölzerne, grün gestrichene Bretterbude, in der sie fortan lebten. Um die Hütte herum legten sie am Hang Terrassen an, wo alles Gemüse Platz finden sollte, das sie für sich selbst brauchten. Im Dorf sah ich die leicht verschrobenen Veganer fast nie, nur in schweren Zeiten mussten sie im Supermarkt »zukaufen«. Dann schwang sich die alte Frau auf ihr klapperndes Fahrrad und sauste den Berg hinunter, um im Supermarkt die ländlichen Verkäuferinnen mit Fragen nach Dinkelflocken, Mangold oder Seitan zu irritieren.

Es dauerte viele Jahre, bis sich das Paar dazu durchrang, ein eigenes geräumiges Wohnhaus zu errichten. Fast vollständig selbst gemauert, versteht sich. Beide lebten weiterhin sehr zurückgezogen und zum größten Teil als Selbstversorger.

Ganz so eigenwillig war meine Familie nicht. Nachdem wir einige Jahre auf dem Land lebten, kauften wir uns noch ein kleines Grundstück in einem nah gelegenen Dorf, wo wir als Nachmittagsbeschäftigung Obst und Gemüse anbauten und eine alte Obstbaumwiese bewirtschafteten.

Meine Eltern wollten weg von der industriell produzierte Importware aus dem Supermarkt und auf frische, biologisch angebaute Nahrung aus der Region umsteigen.

Mich hat die Landarbeit nur mäßig begeistert, aber meine Schwester ließ sich zu Weihnachten das »Handbuch für Selbstversorger« schenken. Mit schreibschriftähnlichen Buchstaben in Regenbogenfarben waren auf mürben Altpapierseiten Ratgeber für so ziemlich alle Lebensbereiche abgedruckt.

Mein Vater arbeitete in Frankfurt und war für die komplette Stromversorgung der Stadt zuständig, während der Rest der Familie auf dem Land saß und – zumindest theoretisch – ein Leben als Selbstversorger vorbereitete.

In dem Buch fanden wir Methoden für die Herstellung von Kleidung, sowie Anleitungen zu Körperpflege, Tierhaltung und Hausbau. Grundlage war natürlich der eigene ökologische Landbau. Unser erstes Thema: »Die wunderbare Welt der Kartoffel.« Wir lasen, Kartoffeln sollten geäugelt (sprich: die Triebe entfernt), anschließend in Steinmehl gewälzt und eingepflanzt werden. Nachdem wir das Steinmehl beim Bioversand bestellt hatten, konnte es los gehen.

Leider hatten wir überlesen, dass natürlich die Kartoffelaugen selbst in Steinmehl gewälzt und eingegraben werden mussten. Wir aber hatten dafür die Kartoffeln verwendet – und warteten daher bis zum Ende der Erntezeit vergeblich auf das Wunder der Kartoffelvermehrung. So richtige Selbstversorger sind wir nie geworden.

Wo ist das Paradies?
1980–1985

Toter Bruder

Sobald man auf dem längsten Ast des hessischen Gesamtschulsystems, dem gymnasialen Zweig, saß, wurde Textinterpretation im Deutschunterricht großgeschrieben.
Los ging es mit Kurzgeschichten, »wunderbar verdichteten Miniaturen«, wie unsere Lehrer verzückt zwitscherten. Wir übten Inhaltsangaben und analysierten die Erzählperspektive, unterschieden psychologische und soziale Interpretation – ohne *Königs Erläuterungen und Materialien*, die kleinen Hefte mit den breiten Farbstreifen oben und unten, für uns Schüler undenkbar. Dort fand man gleich, worum es in den Geschichten »eigentlich« ging, zumindest die gängige Interpretation des Textes. Sämtliche Deutschlehrer betonten zwar unablässig, dass es »rein gar nichts« bringe, aus den Erläuterungen abzuschreiben, aber unsere Erfahrung zeigte, dass jede abgeschriebene Interpretation immer ins Schwarze traf, während die Aufsätze mit eigenen Interpretationsversuchen, so sehr wir auch zu selbsttätigem Denken aufgefordert wurden, mit roten Schlangenlinien und Fragezeichen übersät an uns zurückgingen.
Die Blütezeit der deutschen Kurzgeschichte nach 1945 war ja Ausdruck der tatsächlichen und ideologischen

Trümmerlandschaft der Nachkriegszeit. Mit dem wirtschaftlichen Aufschwung verlor die Kurzgeschichte allmählich wieder an Bedeutung. Trotzdem hatte sie in den 8oer Jahre-Schulbüchern einen festen Platz, aber statt Themen aus unserer zeitgenössischen jugendlichen Erfahrungswelt wurden dort eben meist die alten Schwarz-Weiß-Fragen der Nachkriegsjahre beleuchtet.

Borcherts *Brot* behandelten die verschiedenen Deutschlehrer in unterschiedlichen Jahrgängen gleich mehrmals, sodass sich nützliche Synergieeffekte ergaben. Meine Banknachbarin Susanne hatte einen Bruder zwei Klassen über uns und daher stets eine Kurzanalyse aus dem passenden Erläuterungsband auf ihrem Spickzettel parat. Sie bekam immer, immer, eine Eins minus, weil die eigene Beurteilung etwas knapp, die Arbeit an sich aber überzeugend ausgefallen sei. Meine umfassenden Ausführungen über die Symbolkraft des Brotes und den Bedeutungsverlust des christlichen Abendmahls galten nicht als legitimer Diskussionsansatz, sondern wurden mit Fragezeichen und hilfreichen Hinweisen bedacht: »Das hast du falsch verstanden.« Am Ende erhielt ich von Herrn Kastner für meine Mühen eine Drei, wobei eher der Wille zur kreativen Bemühung belohnt wurde als ihr Ergebnis.

Der Unterschied zu unserer Kinderrealität war schon auf inhaltlicher Ebene unverkennbar. Borcherts Konflikt drehte sich um eine geklaute Scheibe Brot! In der Ehe! Aus Hunger! Die Schülerrealität bestand darin, das Pausenbrot von zuhause möglichst unauffällig zu entsorgen und am Stand des Hausmeisters eine Schaumwaffel und eine Bananenmilch zu kaufen, der Streit um eine Scheibe Brot war uns völlig fremd. Aber darum ging es in unserem

Unterricht nicht. Wir widmeten uns der korrekten Wiedergabe des Inhalts, der Beschreibung von Figuren und Schauplatz, der präzisen Beschreibung der spröden, zerbrochenen Sprache. Warum das so war und welches Lebensgefühl hier dahinter stand, blieb unserer Phantasie überlassen – uns und *Königs Erläuterungen*. Aber wie sollten wir uns so etwas vorstellen, wo doch »die Wirklichkeit« so ganz anders aussah.

Für uns stand zuallererst die Hochzeit von Lady Diana mit dem britischen Kronprinzen an. Ich hatte es aus dem Kofferradio erfahren, das unser Nachbar bei der Gartenarbeit immer laufen ließ. Egal ob Zeitung, Radio oder Fernsehen, tagelang ging es um das bevorstehende »Jahrhundertereignis«. Das prägte auch unseren Kinder-Dorf-Alltag. Wir spielten ununterbrochen Hochzeit, und ich bekam sogar eine Braut-Barbie-Puppe von meiner Oma geschenkt. Sie trug Strassohrringe und eine Kette, ich stellte mit ihr und Ken die königliche Hochzeitszeremonie in meinem Kinderzimmer nach. Den Altar bedeckte ein rotes Tuch, davor räumte ich den Fußboden einen guten Meter für eine Art Gang frei – das beiseite geschobene Spielzeug verwandelte sich so in die mit Ehrengästen voll besetzten Kirchenbänke von St. Paul's. Mit meiner Pocketkamera hielt ich das beeindruckende Schauspiel dann für die Nachwelt fest.

Ich war noch immer ganz im Bann der britischen Hochzeit, als wir kurz darauf zur Heirat einer Cousine meines Vaters eingeladen wurden. Begeistert verfolgte ich das Zeremoniell: Die Braut war wunderschön, ihr Haar blond und hochgewirbelt wie das von Lady Di. Ich wollte unbedingt ein Foto vom Auszug aus der Kirche machen, das aussah wie die Fernsehbilder von Charles und Diana. Der Blitz versagte, das Brautpaar hatte es unglaublich eilig, zur Feier im Gasthaus zu kommen, und ich lief weinend hinterher. Auf Bitten meiner Mutter kamen die frisch gebackenen Eheleute extra für mich noch einmal zurück und posierten für mein spezielles Hochzeitsfoto in der Sonne vor der Kirche, die mit ihrer kleinen Kuppel tatsächlich ein wenig an St. Paul's erinnerte.

Für die Zerrüttungen hingegen, die der Zweite Weltkrieg in der ergrauten Ehe bei Borchert hinterließ, hatte ich damals weder Ohr noch Auge. Mir erschien seine *Brot*-Geschichte wie ein düsteres, hölzernes Marionettentheater.

Unser Deutschlehrer muss überhaupt ein Faible für düstere Kurzgeschichten gehabt haben. Einige Zeit später setzte er uns eine noch ältere und ziemlich schaurige vor. Volllippig stand Herr Kastner mit gerötetem Gesicht vor der Klasse und las emphatisch aus *Brudermord im Altwasser*. Wie der dort beschriebene Donaubarsch stand er in hitziger Drohgebärde vor uns, »mit zackiger, kratzender Rückenflosse, mit bösen Augen, einem gefräßigen Maul, grünschwarz-schillernd wie das Wasser, darin er jagt.«

Der gruselige Höhepunkt der Geschichte aber war noch nicht erreicht: Hochsommer, unerträglich heiß, die Luft steht, macht ganz träge. Drei Brüder spielen am Wasser, finden ein Boot, paddeln auf einen Weiher hinaus. »Da gab der Älteste dem Zwölfjährigen ein Zeichen, den Kleinsten zu erschrecken, und plötzlich warfen sich beide auf die Bootsseite, wo der Kleine stand, und das Boot neigte sich tief, und dann lag der Jüngste im Wasser und schrie, und ging unter und schlug von unten gegen das Boot, und schrie nicht mehr und pochte nicht mehr und kam auch nicht mehr unter dem Boot hervor, unter dem Boot nicht mehr hervor, nie mehr.« Erschöpft ziehen die Mörder nach Hause, und der Älteste meint »wie immer nach einem Streich: ›Zu Hause sagen wir aber nichts davon!‹ Der andere nickte, von wilder Hoffnung überwuchert, und sie gingen, entschlossen, ewig zu schweigen, auf die Haustüre zu, die sie wie ein schwarzes Loch verschluckte.«

Erschüttert starrten wir den gegen Ende der Geschichte ganz in theatrale Ekstase verfallenen Herrn Kastner an. Schockiert hörten wir, wie er zum Zweck der Sprachanalyse die zentralen Stellen noch einmal rezitierte, »kam auch nicht mehr unter dem Boot hervor, unter dem Boot nicht mehr hervor, nie mehr.« Das Stilmittel kennen wir schon, nicht wahr? Ach ja, die typischen verstärkenden Wiederholungen, wie bei Borchert, ach ja.

Das schreckliche Ende hätten wir eigentlich voraussahnen müssen, denn bereits im ersten Absatz hieß es: »Und aus dem Schlamme steigt ein Geruch wie Fäulnis und Kot und Tod.« Herr Kastner grollte den Satz noch einmal wie aus seinem tiefsten Innern hervor.

Unser Deutschlehrer wurde einige Jahre später, als er unsere Schule bereits verlassen hatte, in einer Erbstreitigkeit, so erzählte man sich, von seinem Bruder erschossen – von seinem Bruder.

Dorfgemeinschaftshaus

Hier, wo die Tage klar geregelt waren, und die Busse morgens die Schüler und die jungen arbeitsfähigen Männer aufsaugten und nachmittags am Dorfmittelpunkt wieder ausspuckten, da musste auch die Freizeit klar geregelt sein. Auf den Dörfern hieß Freizeit: Vereinsleben. Es gab die Freiwillige Feuerwehr, den Fußballverein natürlich, einen Damengymnastikverein, Kegeln, die Taubenzüchter, eine Karnevalsgesellschaft, und ja, die CB-Funker. Wir hörten ungewollt über den Verstärker unserer Stereoanlage die Funkaktivitäten des Nachbarjungen mit: »Rotschä, Rotschä, hier is de Rüdigä.« Und sonst? Angeblich existierte noch eine Gefriergemeinschaft, eine Nachkriegshinterlassenschaft, die ich aber nur aus dem Lokalblättchen kannte. Inzwischen hatten alle eigene Gefriertruhen zu Hause.

Im Nachbarort gab es kurioserweise sogar einen Kunstradfahrverein. Dass man sich zum Radfahren in Hallen zurückzog, habe ich mir oft mit der hügeligen Landschaft und dem schlechten Zustand der Straßen erklärt. Deshalb war unsere Region auch eine Hochburg des Kunstradfahrens. Bei einem Fest kam Klaus Morkel, der Jugendtrainer, direkt auf meine drei Freundinnen und mich zu. »Wär des ned was füa eusch?« Von da an trainierten wir gemeinsam Kunstradfahren im Nachbarort, und zwar genau in der Mehrzweckhalle, wo meine Mutter die Vorschulkinder unterrichtet hatte.

Der große Saal grenzte direkt an die Kegelbahn. Auf dem Fischgrätenparkett fand alles statt, was wichtig war, unser Kunstradtraining, die großen Faschingsbälle, politische Veranstaltungen, Kindertheater, da tobte das kulturelle Leben.

Kunstradfahren und Busfahren waren die einzigen Gemeinsamkeiten, die mich jetzt noch mit meinen drei Grundschulfreundinnen verbanden, denn auf der Gesamtschule trennte man uns in »Gymnasial«-, »Real-« und »Hauptschul«-Klassen. Fast alle Kinder aus meinem Dorf gingen automatisch auf die Hauptschule, was die Eltern für normal hielten, wenn man einen ehrlichen Beruf ausüben wollte. Wir verglichen unsere neuen Lehrbücher, die sich anfangs etwa in Englisch nur in der Farbe unterschieden. Doch bald wurde das Stigma »der Gymnasiastin« immer stärker und separierte mich von ihnen wie zuvor die katholische Taufe.

Im Kunstradverein aber blieb unsere Viererformation unzertrennlich. Wunderbar synchron absolvierten wir alle möglichen Stand-, Stütz- und Beugefiguren, fuhren mit angehobenem Vorderrad oder auf Sattel und Lenker stehend vorwärts und rückwärts präzise Schleifen und Kreise. Leichtes Wackeln oder eine nicht sauber ausgefahrene Runde gab Punktabzüge. Wir schafften es bis zu den Kreismeisterschaften, auf dem Einrad sogar bis zur Landesauswahl. Jedes Jahr fuhren wir beim Festumzug am Hessentag mit, direkt nach dem Spielmannszug vollführten wir auf unseren blumengeschmückten Rädern waghalsige Kunststückchen.

Im Dorfgemeinschaftshaus fanden auch Kinovorführungen statt. Kinos gab es bei uns auf den Dörfern nicht, also kam das Kino in unregelmäßigen Abständen zu uns. Ein paar Tage vorher wurden in der Schule Handzettel herumgereicht, und an den Bushaltestellen flatterten kleine bunte Plakate.

Wenn wir aufgeregt zur Nachmittagsvorstellung eintrafen, waren die Vorhänge bereits zugezogen, sämtliche Gedenkteller von der Wand genommen und die Stühle in engen Reihen aufgestellt. Neben der Tür hatte sich die Kinofrau an einem der Konferenztische eingerichtet und machte die Kasse, wo wir wie im richtigen Kino Zuckerstangen kauften. Sobald alle ihren Platz gefunden hatten, hörte man in der gespannten Ruhe die schleifenden Geräusche des Vorführapparats. Zuerst liefen immer zwei kleine Vorfilme, meist Zeichentrick, dann kamen Bud Spencer und Terence Hill oder Herbie.

Kein Kind wollte die Kinotage verpassen, also machten wir uns immer rechtzeitig auf den Weg und wanderten über den kleinen Hügel ins Dorfgemeinschaftshaus. Erst später verstand ich, dass der Name »Wanderkino« gar nichts mit uns zu tun hatte.

Wahl-Pflicht

Du musst ein Fach dazu nehmen, aber du darfst dir aussuchen, welches – westdeutsche Schüler-Freiheit. Wahlpflichtkurs hieß das, nach der achten Klasse musste ich mich gleich für zwei entscheiden, die ich dann zwei Schuljahre lang besuchen sollte. Die Kurse waren schulzweigübergreifend. Plötzlich sollten die Hauptschüler, Realschüler und Gymnasiasten wieder gemeinsam ihre Interessen vertiefen. Freiwillig taten das nur die älteren – auf der Raucherterrasse.

Mein erster Kurs war ein sogenanntes Blümchenfach. Kunst wurde von einem Lehrer unterrichtet, der wie ein echter Aussteiger aussah, auch im Winter in Sandalen rumlief und mit dem Fahrrad zur Schule kam. Über einer braunen Cordhose, die an den Knien kaum noch Spuren von Cord aufwies, trug er ein gestreiftes Fischerhemd mit völlig verknittertem Stehkragen. Er hatte einen dünnen langen Bart und noch dünnere, graue Haare rund um eine leicht asymmetrische Glatze. Man erzählte, er betreibe mit seiner Familie einen autarken Gemüseanbau und esse weder Fleisch noch Zucker. Aufgeregt stellten sich die jüngsten Schüler vor, wie seine Kinder Möhren bekämen, wenn sie was zum Naschen wollten, und man überlegte, sie nicht zum Kindergeburtstag einzuladen, da sie sonst den anderen alle Süßigkeiten wegessen würden.

Bei Herrn Geist experimentierten wir mit allen möglichen Mal- und Zeichentechniken und erschufen Skulpturen aus Holz, Ton und anderen Materialien. Zwischendurch erklärte er uns auch kunsthistorische Zusammenhänge, aber oft hörten wir einfach klassische Musik, oder er trommelte für uns, während wir für eine Doppelstunde ganz uns und unseren Sinnen überlassen waren. Aus der Vergegenständlichung unseres Inneren sind Unmengen an glattpolierten Handschmeichlern, beklemmenden Kohlezeichnungen und – na, sagen wir mal organischen Speckstein-Skulpturen entstanden. Alles in allem war es ein gelungener kollektiver Selbsterfahrungskurs, nur der schulzweigübergreifende Ansatz ist nicht ganz aufgegangen. Im Kunstkurs saßen ausschließlich Gymnasiasten.

Als zweites Wahlpflichtfach hatte ich mir den Schreibmaschinenkurs ausgesucht. Die meisten Mädchen dort – es gab überhaupt nur zwei Jungen im Kurs – kamen von der Realschule und hatten ihre Zukunft bei der Sparkasse klar vor Augen. Zehnfingertippen würden sie dort gebrauchen können. Meine Berufsvorstellungen waren dagegen noch sehr vage, vom Nutzen einer Schreibmaschine hatte ich nur eine naive Ahnung.

Herr Reutzel, der Lehrer, soll schon in den 50er Jahren Sekretärinnen für die Bundeswehr ausgebildet haben. Er legte alte einschlägige Schallplatten auf und ließ uns im Takt schreiben. Der mechanische Anschlag und das BING am Zeilenende bildeten das rhythmische Muster unserer Schreibmaschinenmärsche. Wer mit dem Schallplattentempo nicht mitkam, fiel unvermeidlich auf. Es gab zwar auch drei elektrische Schreibmaschinen, aber die bekamen nur die Besten. Der Rest musste sich mit lärmenden mechanischen Ungetümen begnügen, und die Langsamsten tippten auf den ältesten. Dauernd verklemmten die Typen, oder die zerfransten Farbbänder rutschten heraus. Meine unbeschwerten Schülertage waren gezählt.

Die ersten Übungen a–s–d–f–j–k–l–ö bekam ich noch ganz gut hin, aber sobald die Musik das Tempo vorgab, ging gar nichts mehr. Um den Takt einigermaßen zu halten, musste ich die Tasten so schnell nacheinander anschlagen – und schlagen reichte bei den alten Kisten meist noch nicht, da musste man schon richtig reinhacken –, dass die Typenhebel in der Mitte hängen blieben und sich verkeilten. Dann riss ich sie mit grober Gewalt wieder auseinander, was weder der Präzision der Schreibmaschine noch meiner Tippgeschwindigkeit zuträglich war.

Wir gingen bald dazu über, wie richtige Sekretärinnen Geschäftsbriefe nach Diktat zu tippen. Dabei auf die Tasten zu sehen war verboten, aber aus Sorge um den drohenden Typensalat musste ich doch dauernd nach unten schielen. Wenn Herr Reutzel mich dabei erwischte, bekam ich ein Stück Pappe an einem Faden um den Hals gehängt, das wie ein hochgerutschter Bauchladen die Sicht auf Hände und Tasten versperrte. Ich kam mir vor wie der traurige Dackel aus unserer Straße, dem man eine überdimensionale trichterförmige Halskrause umgelegt hatte.

Derart entstellt mühte ich mich noch, als wir schon zum Tippen recht poetischer Texte über den Schaffhausener Rheinfall übergegangen waren. Und bis zum Ende der zehnten Klasse kam ich aus diesem »frei« gewählten Kurs nicht mehr heraus. Erst nach einer ganzen Weile entdeckte ich, dass Cordula neben mir der demütigenden Pappprozedur zum Trotz, von der nicht selten auch sie betroffen war, mit hämischem Grinsen Drohbriefe an Herrn Reutzel schrieb statt den diktierten Geschäftsbrief.

Immer mit dem Risiko, im nächsten Moment aufzufliegen, weil Reutzel ständig durch den feuchten Souterrainraum patrouillierte und im Vorbeigehen die Seite aus irgendeiner Maschine riss, um sie vor dem versammelten Kurs zu besprechen. Cordula forderte die Eskalation geradezu heraus, aber wenn sie »An die Verwertungskommission für überflüssige Lehrer« schrieb, leuchtete ihr Gesicht immer übermütiger.

Hiermit bitte ich Sie zur Kenntnis zu nehmen, daß der
völlig rechtswidrig und gegen jede Vorstellung von
Menschlichkeit für diesen Kurs ausgewählte
Herr Reutzel
sich hier ganz und gar zum Kotzen benimmt.

Seine strunzdummen Geschäftsbriefe sind eine
Beleidigung für jedes denkende Wesen.

Hochachtungsvoll!

C. Wagner

Den fertigen Brief steckte sie mir heimlich in die Tasche, und innerhalb kurzer Zeit entstand ein richtiger Wettkampf, wer die phantasievollsten Geschmacklosigkeiten und bösesten Lästereien über den Lehrer zustande brachte.

Merkwürdigerweise wurden wir nie erwischt, vielleicht weil wir zu weit hinten saßen. Durch unsere Zweitbeschäftigung versäumte ich zwar leider ein paar Einheiten über die Formatierungsregeln bei Geschäftsbriefen, verspürte dafür aber eine ganz neue Motivation, meine

Schreibmaschine schnell und blind zu bedienen.

Am Ende erhielt ich sogar ein elegant aufgemachtes Zertifikat, das mir ein »gutes Schreibtempo« attestierte. Aber anders als die angehenden Sparkassenangestellten wusste ich nicht recht, wohin damit. Also schob ich es in die Mappe mit den anderen Schulzeugnissen, fuhr mit meiner Familie in die großen Ferien – Nordsee, Sandstrand, Sonne, Freiheit – und träumte von einem Beruf, in dem es vielleicht sogar Spaß machen würde, die gerade erworbenen Fähigkeiten einzusetzen.

Weit, weit weg

Wir trafen uns oft auf der Brücke am Pfarrhaus, gleich neben der großen Trauerweide. Wenn der Bach im Sommer wenig Wasser führte, konnte man barfüßig auf den großen Steinen balancieren und Staudämme bauen, aber noch viel schöner war es, wenn im Herbst das Hochwasser ihn in einen reißenden Strom verwandelte.

Dann stand ich mit Sandra auf der Brücke, und wir ließen die Köpfe über das Geländer hängen. Nicht auf der Seite, auf der das Wasser unter die Brücke verschwand, sondern auf der anderen, wo es hellbraun sich überschlagend mit großem Getöse wieder hervorschoss. Eine Weile so kopfüber, und wir kamen richtig in Fahrt. Wir stellten uns vor, wir lehnten am Heck eines großen Frachtschiffs, das mächtig dahinrauschte.

»Wo fahn wern hin, Sandra?«

»Ha, wenn ich könnd, ich täde gleich ganz weit fottmache, vielleischt noch weidä wie Mainz un als hinnenaus bei die Bärche odä kleisch bis ans Meer. Mei Eldän unde Brudä tätisch mitnemme un eusch, disch, die Mona, die Antrea noch. Aber de ganse annern Kram, die Schul un die Keu kennde grad hierpleibe. Mir hädde dann e Häusje un e schee Audo, en krohse Gadde un mei Eldän müssde ned mehr dauänd abbeide – un mir könnde manschma in Olaub fahn.«

Nach den starken Sommerregen spülte jetzt das frühe Herbsthochwasser die großen Wellen unablässig unter der Brücke hervor, und inzwischen waren wir weit gereist.

Da schwang Sandra ihren pulsierenden Kopf wieder hoch über das Brückengeländer.

»Mensch, weissde noch wie mir an Fasching hier gestanne ham, un de Hoffmann beim Kotze fast in die Bach gefalle wär? Die Sonja hadde Träne inde Auche, weil se so lache mussd – un des wo se krad die Woch devor mim Hoffmann rumgemacht hadd.«

»Unser Frachter ist jetzt mindestens schon in Frankfurt angekommen.«

Sandra wurde nachdenklich.

»Da kennisch doch kain, schwätze dunse ganz annas wie mir, un alle lauvese so midem Handäschje rum, ischweisesned. Am besde wärs, wenn mer nur korz die Zeil naufundnunnä lauve täde un uns ma was gönne könnde, schee esse geen un dann widdä heim, hier kenndmisch jedä, un isch kenn jeden, un isch will nedd fod.«

Ich hing weiter der Flussreise nach.

Wir schwiegen.

Der Nachmittagsbus mit Ziehharmonikagelenk kam, sein auslandendes Hinterteil war gerade knapp am alten Backhaus vorbei geschrammt, dann füllte die Aufschrift der Kreiswerke kurz die gesamte Brücke. An der Haltestelle senkte sich der Bus zischend zur Bordsteinkante, und ein paar Dorfjungen stiegen aus, mit Aktenkoffern in der Hand. Sandra wandte sich nun ganz vom Brückengeländer ab.

»De Volgä schaffd jeds beide Wadda Plasdig, häddisch nie gedachd, dess der soe gudes Zeuchniss kriehd.«

»Nee, das hättich auch nich gedacht.«

»Was willsde eichendlich ma wern, wode doch im Gümnasjum bist?«

»Wenn ich das nur wissen würd. Ich hab ma in der Schule beiner Umfrage hingeschrieben, Schauspielerin oder Erfinderin.«

Feinsinnig schmunzelnd lehnte sich Sandra zurück, schaute versonnen Richtung Pfarrhaus und angelte eine rosafarbene Geranienblüte aus einem der liebevoll bepflanzten Blumenkästen, die das Brückengeländer verzierten.

»Da wärde Volgä genaude rischtische für disch.«

Ihr Grinsen verbreiterte sich, sie begann, einzelne Blütenblätter abzuzupfen, und schnippte sie nacheinander über ihre Schulter in den Bach.

»Sekrieden – sekriedenned – sekrieden – sekriedenned – se kriiieeeeeed en!«

Sie kreischte verzückt auf, warf den Stängel den Blütenblättern hinterher und riss mich die Hauptstraße entlang Richtung ehemalige Tankstelle.

»Des müssemer de Mona erzehle, der irn Kusseng schaffddoch auch beide Wadda Plasdig. Da kannder doch schonnemal e bissje was fallelasse, wodoch Kerb is am Wocheend!«

Lächelnd sah uns die alte Frau Kolb von ihrem Stammplatz hinter den Häkelgardinen nach, wo sie Nachmittag für Nachmittag verbrachte, um keine Dorfneuigkeit zu verpassen.

Blick nach drüben

Das Fernsehen zeigte eisern, wie sich deutsche und französische Politiker auf den einstigen Schlachtfeldern von Verdun einträchtig die Hände reichten.

Jede Kleinstadt, auch die mit unserer Schule, hatte eine Partnergemeinde in Frankreich. Welche, konnte man auf den Schildern am Ortseingang lesen. Die friedliche Annäherung an den »Erbfeind« voranzutreiben, galt als wichtiges außenpolitisches Ziel, aber die neue Liebe ging nicht so weit, dass die efeubekränzten Siegessäulen des 19. Jahrhunderts entfernt wurden.

Natürlich trat auch unser Schulchor, wo ich in der ersten Stimme sang, im Namen der deutsch-französischen Freundschaft auf. Das waren aufregende Ausflüge, wir fuhren, auf mehrere Reisebusse verteilt, quer durch die Bundesrepublik mitten ins Herz Frankreichs hinein, um dort die Turnhallen mit Gesang zu füllen. Die Fahrten wurden von einem Verein zur Förderung der deutsch-französischen Beziehungen finanziert, und es wimmelte nur so von Bürgermeistern, Landräten und Abgeordneten, die unseren Buskonvoi mit allerlei Grußworten empfingen.

Wir waren natürlich vorbereitet und trugen unsere weltoffensten Lieder vor.

Mandelauge im Kimono kniet am alten Shintoschrein
– Geishaaugen sagen vieles, doch versprechen nichts ...

und

*Unsre Kamele, sie waren so schlapp,
weit ist's noch bis zur Oase ...*

oder

*Cidre und Champagnerwein perlen frisch
und schmecken fein,
beste Speisen à la carte, Schildkrötensuppe apart.
Rotwein fehlt bei keinem Essen,
Kopfsalat, Radieschen, Kressen.
Hauptgerichte, reich garniert,
von Yvonne charmant serviert.
Ganz zum Schluss gibt's Camembert
und ein Küsschen als Dessert,
als Dessert, als Dessert!*

Von solchen kulinarischen Versprechen verführt, wollte ich unbedingt am Schüleraustausch teilnehmen. Dazu kamen die kleinen Geschenke und die süßen Petit Fours, die meine Schwester aus Frankreich mitgebracht hatte. Die Würfel waren gefallen. Ende der sechsten Klasse entschied ich mich gegen Latein. »Französisch ist eine lebendige Sprache!« Das Argument kannte ich ja schon von meiner Schwester. Ihre Austauschschülerin Catherine war in mondänen, silbrig glänzenden Pumps durch unser altes Dorf gelaufen und hatte sogar versucht, bei Frau Lohrey

Feinstrumpfhosen zu kaufen. Erfolglos – niemand hatte sie verstanden.

Am Ende saßen alle Mädchen in Französisch und alle Jungen in Latein. Alle, bis auf einen Unbeugsamen, man munkelte, er habe schlicht das falsche Kästchen angekreuzt, andere meinten, er sei schwul. Während die Mädchen von elegantem Pariser Chic träumten, bereiteten sich die Jungs auf eine naturwissenschaftliche Karriere vor. Das hatte der Klassensprecher veranlasst, etwas pummelig, aber nicht uncharmant und sehr ehrgeizig. Wie ein römischer Senator hatte er vor der versammelten Klasse gesprochen und verkündet, er wolle später Frauenarzt werden. Deswegen Latein!

Für uns dagegen wurde es schon bald ernst. Wir füllten Fragebögen aus zu unseren Interessen, den Familien, der Schule, und wurden entsprechend passenden Austauschschülern zugeteilt. Es folgte eine anfangs schüchterne Korrespondenz, wir schickten förmliche Briefe und Fotos hin und her, über die wir uns langsam miteinander bekannt machten. Die Vorfreude wuchs.

Als wir nach dem ganzen Briefeschreiben und einigen Unterrichtseinheiten über Land und Leute dann endlich nach Frankreich kamen, gerieten wir gleich in die nächste völkerverständigende Interviewrunde. Das hatten die Partnerschulen organisiert. Wir wurden einen Vormittag lang von Klasse zu Klasse gereicht und mit mehr oder weniger interessierten französischen Schülern konfrontiert, meist etwas jünger als wir. Die Fragen, auf die wir reihum antworten sollten, klangen hölzern und vorbereitet und wiederholten sich. Die häufigste beschäftigte sich damit, ob wir aus Ost- oder Westdeutschland kämen.

Bis dahin dachten wir, es genügt, einfach »l'Allemagne« zu sagen, weil ja ohnehin nur Westdeutsche nach Frankreich reisen konnten. Aber jetzt erschien es angebracht, mit den Franzosen bei ihrem Gegenbesuch in unserem strukturschwachen Landstrich neben dem Ausflug zur kommunalen Kläranlage auch die innerdeutsche Grenze zu besuchen.

Nach eineinhalb Stunden im Reisebus gelangten wir zu einer Bundesgrenzschutzeinheit in der Rhön, wo wir noch einmal so lang einen Diavortrag über das Grenzsicherungssystem der DDR zu hören bekamen. Mittags gab es zur Stärkung in der Kasernenkantine Nudeln mit Gulasch, dann folgte der Höhepunkt des Ausflugs. Eine Wanderung auf eine Anhöhe der Rhön. Von dort schauten wir mit unseren extra mitgebrachten Ferngläsern durch einen bundesrepublikanischen Maschendraht »nach drüben« und sahen – nichts. Nur Wälder und Wiesen.

Jedes Jahr wurden die französischen und deutschen Austauschschüler an diese Stelle gekarrt. Vielleicht konnten die Franzosen hinterher erklären, ob sie in Ost- oder Westdeutschland zu Besuch waren. Uns hatte man dabei jedenfalls vergessen klarzumachen, dass hinter diesen Wäldern und Wiesen auch ganz normale Menschen lebten und arbeiteten.

In der Schule setzte man uns Tests vor über das Grenzsicherungssystem der DDR, wir mussten Hundelaufanlagen, Selbstschussanlagen und Panzersperren in detaillierte Skizzen einzeichnen und beschriften, wie es uns im Lichtbildervortrag gezeigt worden war.

Ein Junge aus meiner Klasse besuchte einmal in den

Ferien Verwandte in der DDR. In Gemeinschaftskunde durfte er uns dann davon berichten. Die DDR-Bürger hätten auch Autos, aber kleine. Und seine Eltern hätten am Ende noch Geld, also Ostmark, übrig gehabt und dann aus Verlegenheit Bücher gekauft.

Anschaulicher wäre es sicher gewesen, mit bloßem Auge von einem der kleinen Hochstände in Westberlin über die Mauer zu sehen, auf Häuser und Menschen, als auf den leeren Osten hinter der Rhön, aber nach Berlin bin ich vor der Wende nicht gekommen.

Eigentlich galt die Abschlussfahrt nach Berlin in der zehnten Klasse als feste Institution an unserer Schule – mit Tagesausflug nach Ostberlin, Besuch des Reichstags und der Ausstellung *Fragen an die deutsche Geschichte* und einem Abend in der Bhagwan Disco. Aber mehrere Schüler aus der Stufe über uns hatten die fehlende Sperrstunde in Berlin mit reichlich Alkohol gefeiert und vom Krankenwagen abgeholt werden müssen. Damit waren Berlin-Reisen generell gestrichen. Das Grenzregime und der Blick von der Rhön auf eine menschenleere Gegend blieben das Einzige, was unser Bild von der DDR prägte.

Flugblattverteilen

Ende der 70er Jahre gründeten sich auch in der Provinz die ersten Friedensinitiativen. Nach dem NATO-Doppelbeschluss 1979, der mit meinem zehnten Geburtstag zusammenfiel, schossen sie dann wie Pilze aus dem Boden. Immerhin drohte die Stationierung atomarer Mittelstreckenraketen in Deutschland.

Das zog auch in meiner Familie deutliche Veränderungen nach sich. Als meine Mutter nach ihren Anfängen als Vorschullehrerin nicht mehr arbeitete, richteten sich meine Eltern in einer klassischen Rollenteilung ein. Mein Vater wurde Alleinverdiener, meine Mutter alleinverantwortlich für Kinder und Haushalt.

In gewisser Weise hatte man sich an den Kalten Krieg und an konventionelle Raketenstützpunkte gewöhnt. Mit der Pershing II-Offensive von Helmut Schmidt überfiel uns jetzt mit einem Schlag die Angst vor einem Atomkrieg. Meine Mutter schloss sich der Friedensbewegung an und war Gründungsmitglied mehrerer Abrüstungsinitiativen. Meine Schwester und mich nahm sie zu den Treffen am frühen Abend einfach mit. Schließlich ging es auch um unser Leben.

Wir trafen uns im Hinterzimmer einer alten Dorfwirtschaft im Nachbarort. Mit Blick auf das fürstliche Schloss berieten wir Strategien, entwarfen Pressemitteilungen und Flugblätter. Ich durfte mitdiskutieren wie eine Erwachsene.

Auch Katrins Vater, der schottische Künstler, saß in seinem grünen Schneesternpullover regelmäßig bei uns.

Meistens schwieg er, bestellte ein Bier nach dem anderen, aber er gehörte dazu.

Samstags zogen wir mit Spruchbändern und Transparenten, dazu hatten wir ausgemusterte Bettlaken bemalt, auf den Schlossplatz. Über Megaphon ließen wir die Sirenenfolge für ABC-Alarm durch den Ort heulen, fassten uns an den Händen oder verlasen mit verteilten Rollen *Dann gibt es nur eins*. Meinen Part kreischte ich durch das Megaphon den Frauen entgegen, die mit ihren Wochenendeinkäufen erschreckt an uns vorübereilten. »Mütter in allen Erdteilen, Mütter in der Welt, wenn sie morgen befehlen, ihr sollt Kinder gebären, Krankenschwestern für Kriegslazarette und neue Soldaten für neue Schlachten, Mütter in der Welt, dann gibt es nur eins: Sagt NEIN! Mütter, sagt NEIN!«

Die Ereignisse überschlugen sich, internationale Politik war nicht mehr abstrakt, sondern wurde bei uns zuhause am Mittagstisch diskutiert. In der Schule wurden Broschüren verteilt mit Anleitungen für den Ernstfall. Bei Ausbruch des Atomkriegs sollten wir einen Aktenkoffer über uns halten oder uns auf den Bauch legen und die Jacke über den Kopf ziehen. Dann heulte der Probealarm los, und wir übten das Ganze auf dem Schulhof.

Die umstrittenen Raketenstützpunkte befanden sich in unmittelbarer Nähe. Unsere Gruppe kämpfte für den Weltfrieden – und für die Region. Wichtigstes Ziel war die Bevölkerung über die drohenden Gefahren aufzuklären, nur so konnten die Bewegung und der Widerstand wachsen. Deshalb gehörte es dazu, dass meine Mutter nachmittags mit meiner Schwester und mir durch die umliegenden Dörfer zog, um Flugblätter zu verteilen.

Wir parkten das Auto am Dorfplatz, teilten uns auf, liefen sämtliche Straßen ab und bestückten die Briefkästen mit unseren Flugblättern. Das war zum Teil ein echtes Wagnis. Wir hatten es ja nicht mit großen Wohnanlagen zu tun, wo wir die Flugblätter nur klapp–klapp–klapp–klapp–klapp in die Briefkästen hätten stopfen können. Stattdessen mussten wir uns zu abseits gelegenen Höfen durchkämpfen und von Gestrüpp überwucherte Briefkästen aufspüren. Auf den Dörfern gab es noch viele Bauernhöfe, die gar keinen Briefkasten an der Einfahrt oder am Gartentor hatten, sondern nur einen Schlitz in der Haustür. Und dorthin musste man es erst einmal schaffen. Zu den meisten Höfen gehörte ein Hund, der nur manchmal im Zwinger oder an einer Kette gehalten wurde, und die Ketten reichten in jedem Fall bis zur Haustür, das war ja das zu verteidigende Gebiet. Aber ich war mutig, schließlich ging es darum, die Menschheit zu retten.

Als zeitraubend erwiesen sich jedoch die schwerhörigen Opas auf den verwitterten Bänken neben den Türen, denen ich unseren pazifistischen Protest erst ausführlich erklären musste. Im besten Fall antworteten dann die Alten mit einem heiseren Lachen. »Wennde Rruss kimmt, helfds ganix Babier inde Hand zeho, da brauchsde was Gescheides zem Schiesse, des kannsde mer glauwe!«

Hohe Anerkennung brachte mir die gemeinsame Sache bei einigen Lehrern ein, die sich auch in der Friedensbewegung engagierten. Wenn ich Frau Heilig nachmittags auf einer Kundgebung getroffen hatte, durfte ich in der nächsten Unterrichtsstunde in der ersten Reihe am Lehrerpult sitzen, und während der Rest der Klasse zur

Stillarbeit verdonnert war, besprachen wir die politische Lage und tauschten neue Fakten aus.

Natürlich vertraten nicht alle Lehrer diese Einstellung. In der Oberstufe hielt ich ein paar Jahre später bei Frau Lemhardt-Wibbe, der GK-Lehrerin, ein Referat über die hiesigen US-Waffendepots. Sie war von Anfang an nicht von der Themenwahl begeistert, aber als ich zur Veranschaulichung ein Grünen-Plakat an der Tafel anbrachte, das die großen militärischen Einrichtungen auf einer Karte der Bundesrepublik Deutschland zeigte, mit Legende, Truppenstärken und Art der gelagerten Waffen, wurde die Lemhardt richtig wütend. »Einseitige Parteienwerbung ist hier nicht gestattet, Fräulein!« Ich verteidigte mich, und nachdem die Diskussion ein paar Mal hin- und hergegangen war, sah sie ein, dass zu dem Thema kein Material von der Jungen Union oder den Jusos zu erwarten war. Ich durfte fortfahren, aber sie hörte nur noch halb hin.

Leben in der Lücke

Wir wohnten genau in der Lücke, durch die der Russe im Falle eines Krieges nach Europa einmarschieren und dadurch den Dritten Weltkrieg vor unserer Haustür auslösen würde. Der Begriff »Lücke« hatte mit der Annahme zu tun, der Warschauer Pakt wolle die Bundesrepublik an der schmalsten Stelle in zwei Teile spalten, um den englischen vom amerikanischen Sektor zu trennen. Für dieses »Fulda GAP«, den nicht gerade lieblichen Namen hatten die Amerikaner ersonnen, entwickelte die NATO detaillierte Abwehrpläne und schuf ein engmaschiges Netz von militärischen Einrichtungen.

Dass ausgerechnet unser Zuhause als Ground Zero für den Dritten Weltkrieg herhalten sollte, erfuhren wir zufällig aus einer Dokumentation, die im amerikanischen Fernsehen gezeigt wurde. *Das nukleare Schlachtfeld* wurde in Deutschland nicht ausgestrahlt und war auch gar nicht für deutsche Zuschauer bestimmt, obwohl ein hessisches Dorf die Hauptrolle spielte – das Original und eine maßstabsgetreue Replik irgendwo in Kansas, wo amerikanische Soldaten den atomaren Ernstfall probten. Ein Freund aus der Friedensbewegung besorgte dann beim ORF eine Kopie, die unter den Friedensinitiativen der ganzen Region herumgereicht wurde. Seitdem diente uns der Film als Aufklärungsmaterial, wir ließen ihn, wann immer es ging, in den Dorfgasthäusern laufen.

Auf die Flugblätter malten wir jetzt unser Ortsschild mit einem Atompilz darüber und warfen sie nicht mehr nur in die Briefkästen, sondern klingelten oder klopften bei den Leuten und luden sie persönlich zur Filmvorführung ein.

Da kamen sie endlich, die besorgten Hausfrauen und aufgebrachten Bauern. An einem Donnerstagabend standen meine Schwester und ich bleich geschminkt als Totenwache am Eingang zum Dorfgemeinschaftshaus, und erneut dröhnte der ABC-Alarm durch das Dorf. Am schmiedeeisern beschlagenen Tresen im Gastraum saß der attraktive Politprofi Fritz Winkelmann, Vertreter der Friedensinitiative Osthessen, auf einem Barhocker und sprach ein paar einführende Sätze. Er fand auch nach dem schockierenden Film die ersten Worte und erläuterte den entsetzten Leuten, was zu tun sei. Die Pächterin Frau Kimpel stemmte die Arme in die Hüften und erklärte sich bereit, uns ein unbewirtschaftetes Grundstück direkt an der Bundesstraße zur Verfügung zu stellen, damit wir dort ein großes Plakat aufstellen könnten. »Hier ist Fulda GAP!« Im Laufe der darauf hitzig geführten Diskussion wurde allen klar, dass man doch mehr erklären müsse.

»Die denge dann, son Kabbes, hieris dochned Fulda. Mer muss dene druffschraibe wassdes bedeude soll.«

Frau Ehrlich, die Grundschullehrerin, ließ sich von Fritz Winkelmann schon die genauen Daten zu den Militärbasen diktieren. Aber bald waren sich alle einig, zu viel sei auch wieder nicht gut für das Plakat. Ein klarer Appell musste her. Der schweigsame schottische Künstler hielt einen Zettel in die Luft, auf den er mit Kugelschreiber »Ami go home« gekritzelt hatte. Das veranlasste die Vertreter der konservativen Parteien dazu, ein ihrerseits vorbereitetes Papier zu verlesen, wonach die sowjetische Bedrohung nicht klein geredet werden dürfe, die russischen

SS-20-Raketen abschussbereit stünden, es schließlich um die Verteidigung der Freiheit ginge, und wir den Amerikanern dankbar sein müssten für ihren Einsatz. Den daraufhin losbrechenden Tumult konnte Frau Ehrlich gerade noch eindämmen, indem sie sich plötzlich erhob und mit brüchiger Stimme flehte, alle sollten sich etwas beherrschen, es gehe doch um die Kinder.

Wenig später löste sich die Veranstaltung endgültig auf, einige hatten den Saal schon vorher fluchend verlassen. »Ir kennd alle nübbermache, ir langhaarisch Gesox!«

Frau Kimpel drängte zum Aufbruch, und wir hatten immer noch keinen Konsens über das Plakat. Am Ende kam der große Klaus, Vorsitzender der SPD in der Gemeindevertretung, über achtzig Prozent hatten die damals, an unseren Tisch und redete auf meine Schwester ein, wir sollten auf das Transparent einfach ein durchgestrichenes Atomzeichen malen. »Da simmier debai. Morje kleisch bringisch dir schwatze un gälbe Fahbe nunner, die habisch dehaam.«

In den folgenden Wochen recherchierten wir immer neue Details zu den ungeheuerlichen Plänen, die man für unsere Gegend vorgesehen hatte. Seit 1977 war in den USA ein Brettspiel auf dem Markt mit dem Namen *Fulda GAP – The first battle of the next war*. Es galt als so realistisch, dass US-Offiziere es ihren Mannschaften empfahlen, damit sie sich mit der Situation in Hessen vertraut machten.

Um den Russen im Ernstfall keine nützliche Infrastruktur zu hinterlassen und den sowjetischen Vormarsch zu erschweren, waren auf den Bundesstraßen mit Kanaldeckeln getarnte Schächte installiert, worin vor der Flucht

Sprengsätze deponiert werden sollten. Nächtelang fuhr meine Mutter mit dem Auto die großen Verbindungsstraßen ab und sprayte neonfarbene Totenköpfe auf die in der Szene »Sprengdeckel« genannten Schächte. Die Sache mit den Sprengdeckeln wurde von einigen aus dem Dorf als »linke Theorie« abgetan. Wir mussten ihnen zeigen, dass sie tatsächlich existierten.

Anders als draußen auf den Straßen hielten sich die Probesprühungen an der Rauputzwand unserer Waschküche jahrelang. Wenn ich eine Flasche Apfelsaft aus dem Keller holen musste, glotzte mich neben der Waschmaschine ein orangefarbener Totenkopf an.

So bedrohlich ich die Vorstellung von anrollenden Russen, Sprengdeckeln und Flucht fand, so unglaublich naiv schien sie mir andererseits. Wir wussten doch inzwischen alle, dass der Dritte Weltkrieg durch Frühwarnsysteme entschieden würde, und mit einem Knopfdruck wäre auch schon wieder alles vorbei.

»Ein Russe sitzt in Murmansk / schwitzt an seinem Frühwarnkontrollschirm / und denkt: Das ist das Ende / nervös-zitternde Hände / kommt er – Ivan – an das rote Knöpfchen dran … // Und die schlanken Pershings fliegen / und die SS-20 im Nu / auf Paris – Köln – und Moskau und auf New York City zu«. Udo Lindenberg, zu Hause hörte ich die Platte ununterbrochen, und auf dem Weg zum Schulbus sang ich selbst *Der große Frieden*. Ob nun zuerst die Amis die Pershings oder die Russen ihre SS-20 abfeuern würden, war doch total unerheblich, und die Einschätzung, wer von beiden anfangen würde, eher eine Frage der politischen Haltung. Zweifellos aber wurden die Waffendepots in unseren fürstlichen Wäldern von den USA betrieben, sodass ich mehr Angst vor amerikanischen Waffen hatte als vor russischen Raketen.

Die militärische Präsenz der USA war schon seit meiner frühen Kindheit allgegenwärtig. In der Kleinstadt beispielsweise, wo ich Abitur machte, befand sich neben vielen Kasernen die größte Panzerwerkstatt Europas. Während der großen Herbstmanöver dröhnten schier unendliche Panzerkolonnen durch unser Dorf und ließen die Fachwerkhäuser erzittern. Wenn ich dann auf der kurvigen Hauptstraße unterwegs war und sich donnernd ein neuer Ansturm ankündigte, konnte ich mich nur in einen Hof flüchten, manchmal reichte es auch in die Wohnküche von Familie Kalb. Das war Glück, denn ich hatte furchtbare Panik vor den langen Kanonenrohren. Irgendwann ebbte dann das Getöse ab, und allmählich trauten sich alle wieder aus den Häusern. Samstags wurden wieder die Gehwege gekehrt, auch wenn sie, von den Panzerketten abgehobelt, nicht mehr so viel hermachten.

Nur Monas kleiner Bruder Bernd konnte es kaum erwarten, dass die amerikanischen Panzer endlich kamen. Der Lärm schien ihm nichts auszumachen. Er winkte ihnen immer wie verrückt zu und bekam hie und da auch Geschenke von den Soldaten. Einmal hatte er eine Konservendose Kekse ergattert. Seltsam, so etwas erzählten sonst nur die alten Leute von der Besatzungszeit.

Wir wuchsen in einem Land auf, in dem schon einige Jahrzehnte Frieden herrschte, und man lag uns dauernd damit in den Ohren, was für eine wunderbar friedliche Kindheit wir hätten, und trotzdem: Alles um uns herum war auf Krieg vorbereitet, und an jeder noch so abgelegenen Brücke wies ein Schild darauf hin, welche

Militärfahrzeuge sie überqueren durften. Als ich kleiner war, dachte ich noch, es wären Geschwindigkeitsangaben für Traktoren. Aber schon damals kamen mir »100« für einen Feldweg recht viel vor.

Innovationen für eine bessere Welt

Mein Vater war nicht zufällig Ingenieur geworden. Er begeisterte sich für alle möglichen technischen Neuerungen, und wenn es darum ging, ein Verfahren zu automatisieren, war er vorne mit dabei. Er war ein Mann des Fortschritts, er schätzte Rationalisierungseffekte. Mit ihm fanden allerlei Innovationen Einzug in unseren Haushalt.

Einmal wöchentlich machte er sich, wenn es sein Dienstplan bei den Frankfurter Stadtwerken zuließ, in unserem Vorgarten zu schaffen, der damals, Mitte der Siebziger, noch ohne befestigte Zufahrt inmitten einer Art Mondlandschaft lag. Auf den Waschbetonplatten, die entlang der jungen Ligusterhecke den Weg zu unserer Haustür wiesen, hantierte er mit einem dicken gelben Plastikrohr, oben mit einem weißen Deckel verschlossen, aus dem ein Metallstab ragte. Er schraubte das Ding auf und schob eine Weinflasche hinein. Dann verschloss er den Apparat sorgfältig und schlug mit einem Hammer kräftig auf den Stab. Die bauchige Flasche hatte sich in feine Scherben verwandelt. Die kippte er in den Müll, dann kam die nächste Flasche dran, bis keine mehr übrig war. Durch dieses einfache, ziemlich effektive Zerkleinerungswerkzeug war in unseren Mülltonnen immer genug Platz.

Vielleicht hatte man den lustigen Apparat aber auch bloß als Freizeitbeschäftigung für den Mann von heute erfunden, der sich nur noch selten bei Ackerbau und Viehzucht entfalten konnte. Jedenfalls machte mein Vater dabei immer ein wunderbar ernsthaftes Gesicht, als würde er gerade seine Steuererklärung vor dem Bundestag verlesen. Ich hockte währenddessen voller Bewunderung auf der Stufe vor dem Haus, und wenn ich genug bettelte, ließ er mich schon mal mit dem Hammer zuschlagen. Die kniffligen Handgriffe führte er natürlich weiter selbst aus.

Altglascontainer kamen erst zehn Jahre später auf. Man fing an, Müll als Wertstoff zu betrachten und ging dazu über, den Abfall zu trennen. Zu Hause begannen wir, jedes Fitzelchen Verpackung nach seiner Zusammensetzung zu analysieren und in seine Bestandteile zu zerlegen. Langsam kristallisierte sich im ganzen Land eine eigene Gesellschaftsschicht heraus, die sich über ein neues ökologisches Bewusstsein definierte. Die Grünen, Greenpeace, WWF, zu dieser Ökoelite zählten auch wir.

Als nächstes schaffte mein Vater einen Apparat zum Müllrecyceln an. Von da an saß die ganze Familie abends im Wohnzimmer zusammen und zerriss alte Zeitungen zu kleinen Schnipseln. Und da meine Eltern gleich zwei Tageszeitungen und donnerstags eine dicke Wochenzeitung abonniert hatten, fiel eine ganze Menge Schnipsel an. Wir sammelten sie in großen Bottichen und brachten sie in den Keller. Dort wässerte sie mein Vater mit dem Gartenschlauch und ließ sie über Nacht einweichen.

Am nächsten Tag kam endlich der neue Apparat zum Einsatz. Er sah aus wie eine überdimensionale Kartoffelpresse. Mein Vater klappte die Hebel über einem leeren Bottich auseinander, und ich durfte mit einem aus der Küche entwendeten Schaumlöffel etwas von der Altpapierpampe in die geöffnete Quetsche schöpfen, die er dann fest zusammendrückte. Das Einweichwasser troff in den Kübel – und zurück blieb ein Brikett aus Altpapier. Die Briketts wurden dann im Heizungskeller hinter dem

Ölkessel zum Trocknen aufgeschichtet, bis wir sie im Kachelofen verbrannten.

Mein Vater war in der Anschaffung solcher Geräte ein echter Pionier. Er pendelte als erster weit und breit mit einem zusammenklappbaren Fahrrad zum Bahnhof, das die staunenden Leute aus dem Dorf für ein Behindertenfahrzeug oder wenigstens für ein bemitleidenswert mickriges Damenklapprad hielten.

Auch die ersten Energiesparlampen konnte man bei uns bewundern. Für solche Lampen musste man damals noch in Spezialhandlungen und viel Geld hinlegen. Sie brachten uns jedoch in ein Dilemma: Sie sparten Strom. Und unseren Stromverbrauch wollten wir auf keinen Fall senken. Meinem Vater stand ja wie allen seinen Kollegen bei der Frankfurter Stromversorgung eine gewisse Menge frei zur Verfügung, und er hatte Sorge, dass späteren Stadtwerkergenerationen die Kontingente gekürzt würden, wenn er seines nicht voll ausschöpfte.

Mein Vater bestand deshalb darauf, dass das Licht bis spät in die Nacht brannte – das Argument, Energiesparlampen würden durch häufiges Ein- und Ausschalten zu sehr belastet, kam uns da sehr gelegen.

Verkehrte Welt

Das Städtische, Andersartige pappte viele Jahre wie ein bunter Federhut auf meinem Kopf. Meine Mutter Studentin, mein Vater fuhr in Hemd und Krawatte zur Arbeit, und technisch waren wir immer auf dem neuesten Stand.

An meinen Geburtstagen ließ ich die Kinder im Bad in einer Reihe antreten, und alle durften nacheinander die elektrische Zahnbürste ein- und ausschalten.

Aber mit der modernen Zahnmedizin hatte ich nicht nur Spaß. Mein Vater schleppte mich zu einem Kieferorthopäden in der Stadt, und nach einigen unangenehmen Anpassterminen nahm ich meine neue Zahnspange in Empfang. Zahnspangen hatten sich auf dem Land noch nicht durchgesetzt. Dazu kam, dass meine eher einem Boxhelm glich. Um die oberen Backenzähne hatte man mir Metallösen betoniert, von dort führte ein stabiler Draht aus den Mundwinkeln heraus und wurde hinter dem Kopf mit einem breiten Gummiband fixiert. Mein erster und letzter öffentlicher Auftritt damit, man hatte mich mit einem Fixierband in meiner Lieblingsfarbe Rosa bestochen, führte fast zu einem Verkehrsunfall. Olli war so abgelenkt, dass er mit seinem Mofa um ein Haar bei Brauers im Vorgarten gelandet wäre.

Mit der Medizintechnik war das überhaupt so eine Sache. In meiner Grundschulklasse gab es gerade mal einen Jungen mit Brille, und der war halb blind. Da verschrieb mir der Frankfurter Kinderarzt eine Brille, von der ein Glas auch noch mit einer Prismenfolie abgeklebt war. Das sah ungefähr so aus, als hätte ich versucht, aus unserem

Duschvorhang eine Augenklappe zu basteln. Lange ließ ich mir das nicht gefallen. Sobald ich morgens aus dem Haus war, packte ich die Folie in die Hosentasche.

Zu allem Übel kannte mein Vater einen Professor für Orthopädie, weshalb ich auch um Schuheinlagen nicht herumkam. Man konnte nicht gerade sagen, dass mich der medizinische Fortschritt übervorteilte. Das sahen auch meine Freundinnen so. Als Andrea mich zum ersten Mal ohne therapeutische Hilfsmittel sah, entfuhr ihr erstaunt: »Du hasd ja eichendlich garned soe hesslisches Gesischd.«

Wo andere eine Schrankwand mit dekorativen Wetterfiguren hatten, ragte bei uns ein einfaches Regal bis zur Decke, das vollgestopft war mit dicken zerlesenen Büchern, und auf dem Sofa türmten sich stapelweise Zeitungen statt liebevoll drapierte Kissen. Bei den Familien, die ich im Dorf kannte, aß man im grellen Neonlicht Schwartenmagenbrote von Plastikbrettchen, und über dem gedeckten Tisch zuckten ungestört Stubenfliegen durch die Luft. Anschließend wechselte man für »gut« ins Wohnzimmer, wo immer alles am richtigen Platz war, und verbrachte den Abend vor dem Fernseher.

Eine Städterin gab es noch in der Nachbarschaft, eine alte Frau namens Helma Brandt, ihr Schwiegersohn hatte sie aus Berlin in eine ländliche Souterrainwohnung verfrachtet. Durch ihre Enkelin, mit der ich in eine Klasse ging, war ich ein paar Mal dort zu Besuch. Fliegengewimmel konnte die alte Dame nicht ausstehen. Dass es mal wieder an der Zeit war für eine Maßnahme, kündigte sie mit einem spitzen »Man müsste mal wieder sprühen« an. Dann stieg sie auf einen Hocker und holte aus dem obersten Küchenregal ein Fläschchen Insektizid hervor, das sie in der ganzen Küche verteilte. Wir machten uns so schnell wie möglich aus dem Staub, aber als wir nach Stunden wieder hinein durften, hing in der Küche noch immer der ätzende Geruch. Immerhin: Alle Fliegen waren tot. Irgendwie imponierte mir die alte Frau. Das Fliegenproblem konnte sie zwar immer nur vorübergehend lösen, aber die Unermüdlichkeit, mit der sie sich dank ihrer Wunderwaffe gegen das scheinbar Natürliche, Provinzielle zur Wehr setzte, war bemerkenswert.

Kaum auf dem Dorf, war ich schon zum »Kommjonsunterricht« bestellt. Wir gingen nun jeden Sonntag in die Kirche. Gott sei Dank konnte meine Schwester mir etwas Privatunterricht geben. Mit dem Persianermantel meiner Oma stand sie über mir und ließ mich niederknien, dann klebte sie mir Backoblaten auf die Zunge.

Im offiziellen Kommunionsunterricht übte ich vor allem die Beichte. Um das Beichten beneideten mich die evangelischen Kinder sogar ein bisschen, weil mir die Schuld damit vergeben war. Sie kannten das dunkle Kabuff ja nicht, wo ich ganz allein hinein musste, und man den Atem des Pfarrers von der anderen Seite des Gitters spürte. Und dann die sakrale Stimme und die Fragen nach meinen Sünden. Obwohl ich mir im Voraus ein ganzes Register davon zurechtgelegt und sie wieder und wieder vor mich hin geflüstert hatte, brachte ich sie, als es darauf ankam, kaum heraus: »Ich habe mit meiner Schwester gestritten«, »ich habe meine Eltern belogen.« Aber es stimmt schon, wenn die Prozedur hinter einem lag und man mit dem Pfarrer das gemeinsame Vaterunser gebetet hatte, war die Erleichterung groß.

Kommunion und überhaupt katholische Rituale waren natürlich alles andere als neu oder urban, aber für meine Schulfreundinnen passte das zu dem komischen Vogel aus der Stadt.

Zur Erstkommunion bekam ich ein »Gotteslob« mit Goldschnitt, einen Stoß Stofftaschentücher mit Monogramm, Waschlappen und passende Handtücher. Geld war nur wenig dabei, dafür ein silbernes Armband und eine rosafarbene Armbanduhr. Womit ich, gerade mal acht Jahre alt, gar nichts anzufangen wusste: Eine Sammlung Miniaturflakons mit *Echt Kölnisch Wasser*.

Mitte der 80er Jahre kamen meine Freundinnen an die Reihe. Zu Monas Konfirmation war ich als einzige Katholikin eingeladen. Die Konfirmanden waren festlich gekleidet wie junge Erwachsene, Mona trug ein pflaumenfarbenes, glänzendes ärmelloses Kleid, das ihre schmale Figur wunderbar betonte.

Nach der Kirche gab es Kaffee und Kuchen im Kreise der Verwandten. Dann kam das Highlight, die eigentliche Initiation ins Erwachsenenleben. Die hatte mit der Kirchentradition nicht viel zu tun und war doch altehrwürdige Sitte, und dass ich dabei sein durfte, war eine nie dagewesene Ehre, anerkennendes Zeichen der endgültigen Integration in die Dorfgemeinschaft. Der ganze Pulk der Konfirmanden traf sich noch einmal am Eingang der Kirche und zog von einem Elternhaus zum nächsten, um vom jeweiligen Familienoberhaupt eine ganz besondere Weihe zu empfangen.

Zuerst pilgerten wir zu Thorsten, dessen Familie gleich neben der Kirche wohnte. Die Frauen wuschen in der

Küche das Geschirr, die Männer saßen an der langen Tafel. Thorstens Vater erwartete uns schon mit einem Tablett voller Sektgläser. Er selbst hatte schon einen roten Kopf und philosophierte etwas sprunghaft über die »Juchent«, was im allgemeinen Gläsergeklirre jedoch unterging.

Als nächstes ging es zwei Häuser weiter zu Oliver, dort reichte die Tafel im rechten Winkel bis in die Küche, weil das alte Fachwerkhaus so schmal war. Auch hier erwartete uns sein Vater. Wir mussten uns nebeneinander aufstellen, bevor er unsere kleinen goldberandeten Wassergläser mit Tokajer füllte. Es folgte »Fläumsche«, Sekt, Apfelkorn, Rheingau-Eiswein, Cola-Weinbrand, Zigarren, Bier und Cognac. Jetzt durften und mussten alle, denen vorher Ausgehen und Alkoholtrinken streng untersagt war, ordentlich zulangen. Am Ende lagen Oliver und Thorsten nachmittags um fünf im Konfirmationsanzug neben dem Bushaltestellenhäuschen und kotzten bis sie weggetragen wurden.

Und die Geschenke! Von dem Geld konnten sich meine Freunde ein eigenes Mofa oder eine Musikanlage leisten. Der Deal war der: Am Konfirmationstag rückten die Nachbarskinder aus dem Dorf mit Geldkuverts an, dafür bekamen sie Süßigkeiten. Am nächsten Tag absolvierten die Beschenkten, sofern sie einigermaßen ausgenüchtert waren, den umgekehrten Weg und verteilten zum Dank übrig gebliebene Tortenstücke.

Insgeheim habe ich meine verstaubte Kommunion verflucht. Zum Glück konnte ich mir sicher sein, dass mir diese Sünde durch eine schnelle Beichte wieder vergeben wird.

Open Air

Mit vierzehn durfte ich mit meiner Schwester zu einem Open Air-Konzert. Meine Schwester war ja älter, meine Eltern konnten sich auf sie verlassen, und das Ganze fand tagsüber statt. Außerdem handelte es sich um ein Friedensfest.

Es war Spätsommer, und unsere Oma aus Frankfurt war übers Wochenende zu Besuch. Sie hatte sich von meinem Vater nach dem Nachtdienst mitnehmen lassen. Aus ihrer Reisetasche kramte sie ein Paket Kaffee hervor, bestickte Handtücher, Blumen, und wie immer hatte sie Pralinen mitgebracht. Sie wohnte im »Oma-Zimmer«, das ebenerdig lag und von der Straße aus gut einsehbar war. Meine Freundinnen kriegten sich gar nicht ein vor Vergnügen, wenn wir sie »beim Frischmachen« im Korsett zu sehen bekamen. Ich hatte das Gefühl, sie trug es mit einem gewissen, wenn auch recht fremdartigen Stolz. Dass wir sie so sahen, schien ihr gar nicht mal so unrecht zu sein, denn am Abend spazierte sie am Wohnzimmer vorbei zur »Gästetoilette« und winkte manchmal sogar kurz zu uns herein. Ich vermute, sie schlief auch im Korsett.

Über Jahre unterhielt sie mit ihren Freundinnen eine Art Pyramidenspiel. Eine Bekannte musste die erste Packung Pralinen in Umlauf gebracht haben, die gleich bei der nächstbesten Gelegenheit, einem Geburtstag oder Skatkränzchen, weiterverschenkt wurde. Natürlich zeigten sich die Damen bei den Spenderinnen erkenntlich, sodass bald ein stattlicher Pralinenzirkel entstanden war, Ferrero-Packungen in allen Größen, aber auch kostbare

Stücke von Feodora unter opulenten Schleifenarrangements. Niemand in der Damenrunde verletzte die höchste Spielregel: Nicht öffnen, und weiterschenken. Nur dadurch, dass jeder selbst überlassen war, ob sie die Pralinen innerhalb des Kreises oder extern weiter verschenkte, kamen vereinzelt neue Packungen ins Spiel.

Dieses Statut war so geheim, dass wir Uneingeweihte einige Enttäuschungen erlitten, bis uns das System aufging. Anfangs stürzten wir uns euphorisiert und gierig auf die in Goldpapier eingeschlagenen Mitbringsel meiner Oma und wunderten uns über die welke Schokolade. Bei *Mon Chérie* erkannte man zum Beispiel das Alter daran, dass sich auf der dunklen Schokolade ein leichter weißer Belag zeigte, die nächste Stufe brachte in der Mitte eine deutlich erkennbare Taillierung mit sich, und wenn vom Likör nichts mehr übrig und die »Piemont-Kirsche« zu einer zähen Rosine zusammengeschrumpft war, wussten wir: This is the end.

Kriegskinder wie meine Eltern brachten es dennoch nichts übers Herz, die Gammelpralinen wegzuschmeißen. Mein Vater aß sich tapfer durch die verwitterten Packungen und wagte es nie, seine Mutter darauf anzusprechen, meiner Mutter hingegen riss der Geduldsfaden. Meine Oma machte ein entsetztes Gesicht und beteuerte, sie habe die Pralinen gerade erst gekauft. Sie tat tief beleidigt, dass man so etwas von ihr überhaupt denken könnte, und brachte uns von da an nur noch von Hand hergestellte Trüffel mit, für die sie extra in den Taunus fuhr. Aber nachdem wir auch bei diesen exklusiven Trüffeln unter der Schokoladenhülle auf eine zweifelhafte flaumartige Masse gebissen hatten, gewöhnten wir uns an, sie vor dem Verzehr mit dem Messer anzuschneiden.

Kurzum, an diesem Samstagvormittag im Sommer 1984 waren die Pralinen längst angeschnitten, meine Oma saß zufrieden zurückgelehnt auf dem Sofa, während ich hin- und her überlegte, was ich zum Open Air-Konzert anziehen sollte – einige bekannte Bands sollten auftreten, die Kunst bestand darin, einerseits gut auszusehen und andererseits etwas zu finden, das zum Outfit der Friedensbewegung passte. Dann musste vereinbart werden, wie wir hinkamen und wann wir wieder zu Hause sein mussten. Meine Mutter entschied, uns mit dem Auto zum Bahnhof zu bringen. Aufgeregt packte ich eine Thermoskanne Tee und Kekse in den Rucksack. Meine Schwester kriegte das Geld für den Zug und den Eintritt, und ich überlegte schon, was wir damit noch kaufen könnten. Ein Button mit »Sag nein zum Atomkrieg« oder vielleicht »Petting statt Pershing«? Nein, lieber nicht. Aber Energiebällchen und Friedenswaffeln.

Dass meine Oma sich inzwischen etwas aufgerichtet hatte und besorgt unsere Vorbereitungen verfolgte, fiel mir nicht auf. Ich hatte sie komplett vergessen, aber sie hatte auch die ganze Zeit nichts gesagt.

Erst als meine Mutter wieder vom Bahnhof zurück war, konnte meine Oma nicht mehr an sich halten. »Was dengsde dir debei eischentlisch? Alsobs nedd genuch wär, wenndi Kinnä da als middmüssde zu daane Bombeleeschä-Sidsunge. Du kenndsd aachemal nachdenge, wasses heise dud Kinnä zu ärzie. Des lärnnd mer ned von de Bixscha.« Sie holte tief Luft. »Des midder Veranschdaldung heude brinkdes Fass awwa wäklisch zum Übberlauve!«

Meine Mutter verstand nicht, worauf ihre Schwiegermutter hinaus wollte. Sie wusste, dass sie in vielen Bereichen anderer Ansicht waren, und dass Oma es lieber gesehen hätte, wenn die CDU-Frauengemeinschaft das Konzert veranstaltet hätten, was aber an dem Open Air-Konzert so grundlegend falsch sein sollte, sah sie nicht.

Meine arme Oma, deren Englisch bestenfalls bruchstückhaft war, hatte sich »Open Air« mit »oben ohne« übersetzt. Sie glaubte, ihre Enkelinnen würden bei dem Festival nackig rumlaufen, und hatte das skandalöse Treiben der berüchtigten Kommune I vor Augen.

Die privaten Wünsche der DDR-Bürger

In der Zehnten musste ich ein Referat über die »privaten Wünsche der DDR-Bürger« halten. Das war eine ganz schöne Herausforderung! Ich kannte von der DDR ja nur die Wälder hinter der Rhön und die Zeichnungen von den Grenzanlagen.

Zumindest waren wir schon einmal im sozialistischen Ausland, am Plattensee. Ich erinnerte mich hauptsächlich an einen sonnigen Badeurlaub, den ich die meiste Zeit im Schlauchboot verbrachte. Hie und da machte meine Mutter eine Geste, dass ich wusste, aha, das sind DDR-Bürger, aber sie verhielten sich nicht sonderlich auffällig. Mittags gab es fettige Grützwurst von der Imbissbude, und meine Mutter machte Bemerkungen über irgendwelche Beobachter, die ich nicht richtig verstand. Das war alles.

Für die Vorbereitung des Referats stellte mir daher Frau Schlickenrieder-Mosheim – eine der unzähligen Lehrerinnen damals, die zeitweise einen Doppelnamen führten, bis ein Teil dieses Namensgewächses plötzlich wieder verschwand – einige Artikel vom *Wochenschau Verlag* zusammen. Daraus schusterte ich so gut es ging einen Vortrag, den ich am Lehrerpult sitzend der Klasse vorlas:

Referat: Die privaten Wünsche der DDR-Bürger

1. Einleitung
Viele Wünsche entstehen in den DDR-Bürgern nur dadurch, daß sie das Warenangebot und das etwas andere Leben im Westen sehen.

Fernseher, Kühlschrank, Rundfunkempfänger und Waschmaschine gehören mittlerweile in der DDR zu den Dingen, die in fast jedem Haushalt zu finden sind. Die Zahl der Haushalte, die in Besitz eines solchen Gutes kommen, wächst wirklich schnell. Andere Güter wie Staubsauger, Telefone oder Nähmaschinen sind auch immer weiter verbreitet.

2. Hauptteil
Das Auto ist das Glück eines jeden Eigentümers. Die große Liebe zum Auto kommt daher, daß es bestellt werden muß und dann oft erst nach einem Jahrzehnt abgeholt werden kann. Die DDR-Bürger kaufen sich immer ein möglichst großes Auto, denn bei ihnen ist ein Auto ein Zeichen für Wohlstand und Mobilität. Wir Westdeutschen stoßen auf Unverständnis, wenn wir neuerdings kleine benzinsparende Autos kaufen.
Viele DDR-Bürger verzichten ab einem gewissen Punkt auf die weitere Karriere im Beruf, um den damit verbundenen gesellschaftlichen Verpflichtungen zu entgehen. Dieser Verzicht ermöglicht die Einrichtung einer privaten Nische mit sozialer Sicherheit, mit Familienleben, dem „kleinen Glück", auch mit Kritik an den Oberen im privaten Bereich.
In der DDR ist die Masse der Leute, die ein Wochenendhäuschen besitzen, ziemlich groß.

Für DDR-Bürger ist es ein Erlebnis, wenn Verwandte aus dem Westen zu Besuch kommen, denn dann können sie mit der Westmark in den Intershops einkaufen. Dort gibt es die begehrten West-Blue-Jeans. Auch T-Shirts werden von den Jugendlichen stark gekauft. Besonders beliebt sind sehr bunte T-Shirts.
Bei Kleidung und Schuhen achten die Bürger jetzt schon mehr auf Qualität. Modische Tendenzen wirken sich in der DDR fast ebenso aus wie im Westen. Modische Importware wird trotz höherer Preise leicht verkauft. Der Blue-Jeans kommt ein hoher Symbolwert zu. Die Träger gelten als modern, jugendlich und weltaufgeschlossen. Die im Intershop gekaufte Westware wird teuer weiterverkauft, oder die Besitzer geben damit an.

Die Jugendlichen und auch die älteren Bürger aus der DDR wollen gerne westliche Musik hören und westliches Fernsehen sehen. Die Beatles-Fans in der DDR trauerten beim Tod von John Lennon genauso wie alle anderen Fans im Westen.
Die Musik der Beatles setzte sich in der DDR und in allen Ostblockstaaten durch. Die Beatles-Welle krempelte die offizielle Jugend- und Kulturpolitik um. Die Partei entschloß sich schließlich zur Einrichtung von Diskotheken. Jedoch werden dort mindestens 60% DDR-Hits gespielt.
Einige DDR-Rock-Gruppen und auch Udo Lindenberg begeistern die DDR-Jugend durch ihre Texte, welche ihre Bedürfnisse und Wünsche

beinhalten. Die DDR-Jugend ist jedoch immer noch der Meinung, daß die westliche Musik besser sei.

Die Punker in der DDR sind im Prinzip aus denselben Gründen wie die Punker aus dem Westen zu Außenseitern geworden. Der mausgraue Alltag, die langweiligen Staats-Diskotheken und überhaupt alles, was spießbürgerlich ist, widert sie an.
Die Punker sind im Moment noch wenige, doch es werden mehr. Sie glauben an keine Zukunft und wollen richtig frei leben. Der SED sind die Punker ein Dorn im Aug.

Immer mehr setzt sich der Wunsch nach Freiheit, Frieden und internationaler Abrüstung durch. Von der Friedensbewegung wird gefordert, den Wehrkundeunterricht durch einen „Unterricht über Fragen des Friedens" zu ersetzen, den sozialen Friedensdienst einzuführen und auf alle „Demonstrationen militärischer Machtmittel in der Öffentlichkeit" zu verzichten.

3. Schluß
Die Wünsche im Bereich der Westwaren und Konsumgüter können fast alle schrittweise befriedigt werden. Doch die Wünsche im politischen und kulturellen Bereich werden wohl alle weitgehend unerfüllt bleiben.

Hinterher sollte ich eine Art Diskussion moderieren und meinen Mitschülern offen gebliebene Fragen beantworten. Christoph meldete sich und wollte wissen, woher die Punker in der DDR ihr Haarfärbemittel nähmen. Ich blätterte in den Fotokopien vom *Wochenschau Verlag*, bis mir Frau Schlickenrieder-Mosheim zu Hilfe eilte und ausführte, dass es dazu in der Literatur wenig Hinweise gebe und sie nicht sicher sei, ob DDR-Punker überhaupt gefärbte Haare hätten. Außerdem nehme sie an, das Wort Punker stehe hier nur als Synonym für rumlungernde Jugendliche.

Der Pausengong erlöste mich endlich aus meiner Ahnungslosigkeit, und die Lehrerin schrieb mir eine 2+ an den Rand mit dem Hinweis »schöne äußere Form«.

Erziehung durch Abschreckung

Die Verbrechen der Nazizeit warfen lange Schatten, auch in unser Klassenzimmer. In meiner Schule, die sich insgesamt aufgeklärt-kritisch gab, kam es manchmal zu Situationen, als ob noch nie jemand darüber nachgedacht hätte, wie man dreißig Jahre nach Kriegsende mit Jugendlichen über das Naziregime sprechen sollte.

Im Gemeinschaftskundeunterricht bei Frau Lemhardt-Wibbe musste jeder aus der Klasse einzeln sagen, was er dabei empfinde, deutsch zu sein. Da sahen erstmal alle betreten auf den Boden, und wer an der Reihe war, druckste ganz vorsichtig herum. Keinem fiel ein zu behaupten, Deutschsein sei eine anständige Sache, deutsche Wurzeln wären die Basis für eine demokratische Zukunft und so Zeug. Sonst fielen in der Schule ja schnell mal leichtfertige Sprüche, aber hierfür hatte niemand eine passende Phrase parat. Fast alle sagten, obwohl diese Frage vollkommen ohne Bezug auf die deutsche Geschichte oder konkret die Gräueltaten der Nazis gestellt worden war, dass sie lieber nicht deutsch wären. Viele vermieden sogar ganz, das Wort »deutsch« in den Mund zu nehmen, denn schon das hinterließ ein peinliches, pelziges Gefühl.

Kein Lehrer war zu einem richtigen Gespräch mit uns Schülern fähig, es gab auch keinen Unterricht, der sich wirklich mit Hitlerdeutschland auseinandergesetzt hätte, nicht einmal in Geschichte. Herr Jost, so Ende vierzig Anfang fünfzig, gehörte zu den Lehrern, die man kurzweg als »links« bezeichnete. Er gab sich allerdings nicht viel Mühe, uns dieses Bewusstsein differenziert zu vermitteln.

Nach dem Unterrichtsläuten schlurfte er den mit dunklem Funktionsteppich ausgelegten Flur entlang zum Klassenzimmer, das er selten pünktlich erreichte. Zu seiner Standardbekleidung gehörten ein Karohemd, eine knielange, sandfarbene Hose sowie hellbraune Sandalen und Tennissocken, was von seinem ausdruckslosen Gesicht ablenkte.

Er nahm zwei Jungs mit zum »AV-Stützpunkt«, um die Gerätschaften, einen Rollschrank mit Videorekorder und Fernseher zu holen. Er wollte uns einen Film zeigen. Wortlos legte er eine Kassette ein, und wir sahen im Halbdunkel einen neunzigminütigen Film über die Befreiung Buchenwalds und die Reaktionen der Weimarer Bevölkerung, als die Alliierten sie mit den Leichenbergen konfrontierten. Herr Jost selbst verließ während des Films einige Male den Raum, falls er gerade da war, las er Zeitung. Wenn der Film vor Unterrichtsende zu Ende sei, sollten wir im Halbdunkel sitzen bleiben und darüber nachdenken.

In der Folge zeigte er uns so ziemlich alles für Schulen zur Verfügung stehende Filmmaterial über die KZs, zu halben Skeletten ausgezehrte Menschen, auf Handgelenke tätowierte Nummern, endlose Einstellungen von verwaisten Öfen, leeren Gaskammern, Schornsteinen, und immer wieder geöffnete Massengräber und Leichenberge. Unkommentierte Bilder, darüber gesprochen wurde im Unterricht nie. Herr Jost legte nur die Kassette ein, voll stummen Vorwurfs gegen uns, die deutschen Enkel der Täter. Wie er es fertigbrachte, sich selbst aus dem Vorwurf auszuklammern, blieb für uns im Dunkeln.

Meine Mutter besaß eine beachtliche Sammlung von Literatur über die Verbrechen der NS-Zeit, und als

Jugendliche machte es mir schon nichts mehr aus, die Fotos anzusehen. Unbeachtet herumliegende Kinderleichen und Verschüttete in Kellern, durch die Filme in der Schule hatte ich mich an solche Bilder gewöhnt. Eigentlich war es kein Wunder, dass uns Jugendlichen nichts anderes einfiel als »lieber nicht deutsch« zu sein. Wir hatten nur verstanden, dass wir dafür nicht verantwortlich sein wollten.

Ich hatte noch keine Antwort darauf, ob die Menschheit am Waldsterben durch den sauren Regen zugrunde gehen würde oder durch den Atomkrieg, aber dass es so käme, war ganz klar.

Ich fertigte kleine Kunstwerke und Gedichte an, die aufrütteln sollten, aber wirkliche Hoffnung sah ich nicht. Über mein Bett im Kinderzimmer hatte ich eines von den Bildern gehängt: Ein kahler schwarzer Baumstumpf, der Himmel bleistiftfarben. Auf den Baumstamm hatte ich dunkelrotes Kerzenwachs getropft, etwas mit den Fingern daran herumhantiert und ein Pflaster darüber geklebt. Das Bild nannte ich »Der Wald«. Darunter hatte ich geschrieben: »Nach langem schwerem Leiden ist er gestorben / der Wald / Die letzten verzweifelten Versuche / der Menschheit / ihn zu retten / haben ihm nicht mehr helfen können.«

Neben das Weltuntergangsbild hatte ich eine Postkarte mit einer Birne gepinnt, die unseren neuen Bundeskanzler Helmut Kohl darstellen sollte, die fand ich sehr witzig, und ein Foto von Bernd, unserem Lehrer bei der Skifreizeit, den wir Mädchen seitdem allabendlich mit Anrufen terrorisierten.

1983 war Gudrun Pausewangs *Die letzten Kinder von Schewenborn* erschienen. Meine Mutter und meine Schwester kannten es bereits, als ich einige Tage krank in unserem Wohnzimmer auf dem Sofa lag und die Erzählung von der nach einem Atomkrieg umherirrenden Familie in einem Zug durchlas.

Völlig nüchtern nahm ich die Geschichte hin, sie entsprach ja genau dem, wie immer alle unsere Zukunft voraussagten. Wenn ich ehrlich sein soll, Gnome in tiefen Wäldern fand ich unheimlicher. Mehr konnte ich nicht sagen, als meine Mutter sich teilnahmsvoll zu mir setzte und mit mir über das Buch sprechen wollte.

Anfang vom Ende
1985–1990

Die andere Wahrheit

Gut, Fernsehen gab es schon in unserem Dorf, Strom und fließendes Wasser auch und an die Kanalisation wurden wir in den 8oer Jahren angeschlossen, aber in jeder Kleinstadt mit über 10.000 Einwohnern, mit Eingemeindung der umliegenden Orte natürlich, taten sie so, als lebten wir völlig hinter dem Mond.

Was nicht immer ein Nachteil war. Wenn bei schlechtem Wetter oder wegen einer technischen Panne kein Schulbus kam, gingen wir einfach alle wieder nach Hause und es reichte vollkommen, am nächsten Tag in der Schule mit enttäuschtem Blick »de Bus is ned komme« zu sagen.

Einmal haben wir es tatsächlich geschafft, nur so zu tun. Ausgelöst wurde das Ganze durch Olli, der immer großen Wert darauf legte, alles im Dorf im Griff zu haben. Der Schulbus war an jenem Tag ein bisschen spät und zwei Jungs hatten aus Angst vor einem bevorstehenden Grammatiktest keine Lust in die Schule zu gehen. Sie kamen auf den glänzenden Einfall, wir könnten ja alle einfach wieder nach Hause gehen. Olli griff die Idee sofort auf und verbreitete sie unter all den anderen auf den Bus wartenden Grüppchen.

Als Zustimmung reichte ein kurzes Nicken, dann zogen die ersten zufrieden wieder ab. Eine große Gruppe, zu der ich mich gesellte, kaufte vom zusammengelegten Geld bei Frau Lohrey Brötchen und Eier. Jetzt ging es zu Mona, der Einzigen, deren Mutter definitiv nicht zu Hause war. Wir schoben die Tische neben den schwarzen Ledersofas zu einer riesigen Tafel zusammen, wo wir ausgelassen unser Festmahl verspeisten: Die Eier wurden mit Blutwurst, die wir im Kühlschrank aufgespürt hatten, angebraten, dazu Brötchen. So was vergisst man nicht!

In unserer provinziellen Abgeschiedenheit interessierten uns die brennenden Fragen der Zeit und der Zukunft natürlich besonders. Mitten in dieses Vakuum traf die *Astro Show*, die als Serie im Fernsehen anlief. Wundervoll, wie Elizabeth Teissier zu sphärischen Klängen über die verschiedenen Sternzeichen und ihre Zukunftschancen phantasierte.
In dieser Zeit ging in unserem Kunstradfahrverein das Gerücht von einem Wahrsagertisch um, der die unglaublichsten Dinge offenbaren sollte. Uns wurde sogar ein spezieller Tischler empfohlen, bei dem unsere Vierer-Einradmannschaft mit ihrem Taschengeld auch schließlich so einen Tisch kaufte.
Er war im Grunde ganz simpel, die runde Tischplatte war aus hellem Sperrholz und hatte ungefähr dreißig Zentimeter Durchmesser. Die Beine waren dünn, etwa zehn Zentimeter hoch, eines hohl, da konnte man einen Bleistift reinstecken. Wir brauchten nicht viel, um die Atmosphäre einer Séance heraufzubeschwören. In Monas Wohnzimmer setzten wir uns zu viert rund um den Tisch

auf den Boden und legten unsere Hände auf die Platte. Unter den Tischbeinen brachten wir die Blätter eines großen Kalenders an, wie ihn die Druckerei herstellte, in der Monas Vater arbeitete. Dann brauchten wir nur noch unsere Fragen zu stellen. »Wer ist in Sandra verliebt?« Und schon schrieb der Tisch los. »Manfred«, stand da in krakeliger Schrift. So erfuhren wir alles, was wir wissen wollten und wovon die hochnäsigen Städter keine Ahnung hatten.

Lange Jahre kam zu uns immer der Eiermann. Er fuhr einen angerosteten, ehemals weißen Opel Kombi und verkaufte Eier an der Haustür. Vor dem geöffneten Kofferraum erzählte er von seinem Hühnerhof mit glücklichen, frei laufenden Hühnern.
   Eines Tages stand er im alten Karo-Flanellhemd mit hochgekrämpelten Ärmeln und Hut vor unserer Tür und bot uns die Dienste seiner Wünschelrute an, mit deren Hilfe er gefährliche Wasseradern unter den Betten finden könne. Dabei hielt er ein Ungetüm hoch, das aussah, als seien verbogene Stricknadeln zusammengeknotet worden. Mit weit aufgerissenen Augen stapfte er immer näher an meine Mutter heran und raunte was von »ärdischem Heil«, »schätliche Ärdstraale«, »unn noch gansannan Sache«. Obwohl er die Augenbrauen jetzt ganz dämonisch schräg gestellt hatte, lehnte meine Mutter lachend ab, aber wir hörten, dass er in einigen Häusern der Nachbarschaft erfolgreich gewesen war.
   Bei seinen nächsten Besuchen sah ich, dass er nun Kupfermatten im Angebot hatte, die man sich gegen gefährliche Strahlen unter die Matratze legen könne, wie er mir mit Verweis auf wissenschaftliche Studien erklärte. Ich

habe unsere Postfrau, Frau Morkel, mit so einem Ding unter ihren stämmigen Sommersprossenarmen ins Haus gehen sehen.

Als dann Jahre später Herkunftsstempel auf den Eiern Pflicht wurden, lief sein Geschäft immer schlechter. Zunächst konnte er seine Eier noch mit einer Ausnahmegenehmigung ungestempelt verkaufen, aber als auch er Stempel drauf haben musste, wies die Signatur ganz klar auf Käfighaltung hin. Da wurde er die Eier auch nicht mehr bei den Städtern auf dem Frankfurter Wochenmarkt los.

Wir haben ihn dann nicht mehr gesehen. Die Wahrheit steckt oft im Detail.

Der Halbmond über dem Hügel und der Soldat

In den Dörfern blieb man weitestgehend unter sich. Obwohl viele zur Arbeit relativ weit fahren mussten, verbrachten sie ihre Freizeit doch am liebsten mit den Leuten, die sie schon seit ihrer Geburt kannten. Wenn dann mal Freundschaften oder gar Beziehungen zu Menschen aus anderen Dörfern zustande kamen, war das eine echte Sensation.

Die große weite Welt spiegelte sich höchstens in den Namen, die sie ihren Kindern gaben. So saßen kleine strohblonde Jungs mit Namen wie »Alfredo«, »Mario« oder »Marco« bei uns auf dem Brückengeländer. Was nicht mehr war als die Erinnerung an einen schönen Urlaub oder bloß die Sehnsucht nach dem Süden. Nichts, rein gar nichts hatten die betreffenden Jungs mit Italien zu tun. Es blieb alles ganz homogen.

Als ich in die fünfte Klasse kam, waren da plötzlich in der Parallelklasse, im Hauptschulzweig natürlich, türkische Kinder, sogenannte Gastarbeiterkinder. Schon vor einiger Zeit waren sie nach Deutschland gekommen, in mein Leben traten sie erst damals. Sie wohnten direkt im Nachbardorf, in zwei einfachen Arbeiterhäuser, die in den 20er Jahren für die Arbeiter der Keramikfabrik errichtet worden waren und jetzt ziemlich sanierungsbedürftig aussahen.

Über meine Grundschulfreundinnen, die auch den Hauptschulzweig besuchten, hatte ich mich mit zwei türkischen Mädchen angefreundet, die ich einige Male zu meinem Geburtstag einlud. Sie kamen zwar nicht, aber dafür wurde ich zu ihnen nach Hause eingeladen.

Schon im Treppenhaus der »Türkenhäuser« vermischten sich verwirrend die Gerüche der kulturellen Gegensätze. Es roch nach Kellerfeuchtigkeit eines gewöhnlichen deutschen Altbaus und gleichzeitig zogen Düfte orientalischer Gewürze und schwerer Parfümöle aus den Wohnungstüren.

Die Wohnungen waren klein, hatten nur zwei Zimmer, die mit Ölöfen beheizt wurden, keinen Balkon, schiefe Dielenböden. Die türkischen Bewohner aber verwandelten sie in kleine Paläste. Über dem welligen Boden lag dicker Teppichboden mit großen bunten Mustern, jeder Winkel war durch schmucke Gardinen mit Glanzstickerei, durch Brokatdeckchen und flauschige Strukturtapeten veredelt. Überall standen goldene Figuren, glitzernde Dosen oder beleuchtete Mini-Altare.

Ich empfand es als besondere Ehre, in diese festlichen Räume eingeladen zu sein. Obwohl ich mich mit den Eltern der Freundin nicht unterhalten konnte, strahlten sie mich derart an, dass ich mich einfach wohlfühlen musste. Während im Schlafzimmer – das Doppelbett war mit einer weißen, glänzenden Kassettendecke überzogen, darauf verstreut die prächtigsten Kissen, »Paradekissen« hätte meine Oma dazu gesagt – ununterbrochen der Fernseher lief, durfte ich direkt daneben auf einer Art Thron Platz nehmen und bekam Tee aus Gläschen mit Goldrand serviert.

Der Familienvater, der in einfacher Arbeiterkleidung um mich herumtänzelte, erklärte mir mit wilder Gestik und Mimik die Tradition, sich mit orientalischem Parfümöl hinter den Ohren zu betupfen. Stolz zeigte er mir eine Parfümölflasche, eine Karaffe mit aufwändigem

Schliff und vergoldeten Elementen. Von diesem Parfümöl, das Männer wie Frauen verwendeten, durfte schließlich auch ich mich betupfen, wenn ich zu Besuch kam. Die ganze Wohnung und alle Türken, die ich kannte, dufteten danach.

Abseits dieser kurzen Besuche blieb mir diese geheimnisvolle Welt verschlossen. In der Schule verhielten sich die türkischen Mädchen völlig unauffällig, sie hatten keine türkischen Gangs um sich und trugen keine Kopftücher. Aber an dem Duft des Parfümöls erkannte ich sie.

Gleich in unserer Nähe gab es viele Kasernen, in denen GIs stationiert waren. »GI« war ein feststehender Begriff, die Abkürzung habe ich nie hinterfragt, amerikanische Soldaten halt. Das militärische Areal lag wie ein eigener Stadtteil hinter einem großen Zaun und wurde streng bewacht. Der einzige Reiz an so einer Militäranlage waren die PX-Stores, aus denen über Umwege immer wieder abenteuerlich fremde und lustig synthetisch schmeckende Lebensmittel zu uns gelangten. Wenn wir dann Kaugummi mit »popcorn flavor« oder »ham taste«-Kartoffelchips kauten, war das auch deswegen so besonders, weil allen klar war, dass wir in die PX-Stores nicht einfach rein konnten. »Aussem Pe–Ix« war unser kurzer, alles sagender Kommentar über die geheime Konsumwelt.

Im Umfeld der Kasernen bemerkte ich auch Frauen und Kinder, aber anfangs sah ich keinen Grund, sie anzusprechen oder zu besuchen. Sie sprachen nur Englisch, kauften nur in den eigenen Läden, und die Kinder gingen in eine spezielle Schule. In der Nachbarschaft der Kasernen gab es Diskotheken oder Nachtbars, in denen auch amerikanische Soldaten abhingen. Eine Klassenkameradin meiner Schwester ging da häufiger hin. Sie besuchte uns manchmal nachmittags, da sah ich, dass sie sich mit Kugelschreiber »Jason« auf die Innenseite des Handgelenks geschrieben hatte und darunter »I will wait for you«.

Richtige Beziehungen mit amerikanischen Soldaten waren im Dorf gesellschaftlich nicht akzeptiert, weder von den Mitschülerinnen und schon gar nicht von den Eltern der Mädchen. Abgesehen von der Tatsache, dass der Freund vielleicht schon am nächsten Tag nach Fort Lewis versetzt werden konnte, empfanden viele Dorfbewohner – da halfen auch die offiziellen Freundschaftsbekundungen nichts – »den Amerikaner« nicht nur als fremd, sondern auch als einen bis an die Zähne bewaffneten, kriegstreibenden Besatzer.

Unsere Familie hatte mit den Amerikanern lange nichts zu tun. Viele ältere Menschen sprachen ja kein Wort Englisch, nur wir Jüngeren hatten es seit der fünften Klasse in der Schule.

Ich war schon fünfzehn Jahre alt, als dann doch eine amerikanische Familie in unser Dorf zog. Sie mieteten ein Haus in der Nachbarschaft und lebten dort mit vier Kindern relativ unbeachtet, bis mich eine Lehrerin in der Schule ansprach, ob ich der Familie nicht einmal »Nachhilfe« geben könnte.

Von da an wurde ich eine – gut bezahlte – Freundin der Familie. Obwohl ich ihr Englisch sehr gut verstand, sprach ich so weit wie möglich mit der Familie nur Deutsch, vordergründig aus pädagogischen Gründen, hauptsächlich aber, weil ich wusste, wie peinlich mein Schulenglisch klang. Ich half den Kindern bei den Hausaufgaben, sprach mit dem Vater über deutsche Gebräuche und versuchte ihm auszureden, dass wir alle Hitlerverehrer wären, trank mit der Mutter Kaffee, übersetzte Behördenformulare, zeigte ihnen, wo sie Adapter für deutsche Steckdosen bekommen könnten und brachte ihnen – als schwierigste und witzigste Bildungsaufgabe – spezielle Redewendungen des Dorfes bei.

Der Vater verkaufte Versicherungen an amerikanische Soldaten und gehörte somit nicht zur Armee. Deshalb wohnte die Familie auch nicht in den Kasernen, aber er durfte natürlich in das abgezäunte Gelände und im PX-Store einkaufen.

Wenn die Eltern abends ausgingen, übernachtete ich in ihrem Haus und passte auf die Kinder auf. Am St. Patrick's Day feierte ich mit ihnen Partys bei Waldmeisterlimo und Minzcreme-Torte und bekam dafür als Geschenk die ausgelesenen Bücher der Erwachsenen. So kam es, dass ich, bei uns im Dorf, auf einem Klappstuhl in der Sonne sitzend und amerikanische Kinder hütend, *Christiane F.* zuerst auf Englisch gelesen habe.

Am Geburtstag des Vaters wurde ich einmal zum Bowlen in das Armeegelände mitgenommen. Als wir das Pförtnerhäuschen passierten, verhielt ich mich so unauffällig wie möglich, weil ich nicht wusste, ob mein Aufenthalt in der Kaserne nicht völlig illegal war. Wir fuhren an alten, auf einer Anhöhe liegenden Gebäuden vorbei, die im Halbkreis um einen See schon als Wehrmachtskasernen angelegt worden waren. Die Familie zeigte mir den PX-Laden und dann gingen wir zum Bowlen, zu dem auch andere amerikanische Familien gekommen waren. In den Spielpausen wurden an den Tischen schwersüße

Kräuterlimonaden und fettige Hamburger serviert, an denen ich unaufhörlich herumknabberte.

Denn ich traute mich den ganzen Abend nicht zu sprechen, und wenn überhaupt, flüsterte ich, weil ich Angst hatte, enttarnt zu werden.

Keine Künstlerheimat

Katrin war immer noch in meiner Klasse. Dass sie ein ganz anderes Zuhause hatte als wir, hatten inzwischen auch andere begriffen. Einmal erlaubte sich unsere burschikose Klassenlehrerin spontan einen morgendlichen Spaß. »Hände auf den Tisch!«, rief sie und erzählte von »früher«, als in der Schule noch die Reinlichkeit der Hände kontrolliert wurde. Entsetzt zeigte sie auf Katrins tiefschwarze Fingernägel. Katrins Gesicht war tiefrot, als sie stammelte, sie müsse morgens im Haus die Ölöfen anfeuern, und dieses Mal sei alles schief gelaufen, und weil sie für ihre kleine Schwester das Frühstück machen und trotzdem den Schulbus erreichen wollte, habe die Zeit nicht mehr gereicht, um sich die Hände richtig zu waschen. Peinlich-betreten schwieg unsere Lehrerin, bevor sie eine kurze Entschuldigung nuschelte und schnell das Thema wechselte.

Norman, Katrins Vater, zog sich immer öfter hinter seine »Mal«-Becher zurück, wo er alleine vor sich hin trank und seine skurrile Weltsicht auf die Leinwand brachte. Das Trinken war dabei das Einzige, was ihn mit der Landbevölkerung verband und ihm vorübergehend gewisse Sympathien einbrachte. Man kannte ihn inzwischen im Ort und wusste, dass die Familie nicht viel Geld hatte. Für kurze Zeit war er sogar so etwas wie eine lokale Kuriosität. Ein Buch mit amüsanten Anekdoten aus der Region enthielt eine merkwürdige Geschichte über ihn. Der Maler habe ein Bild verkauft und dafür einen Hundertmarkschein erhalten. Glücklich lief er zum Schreibwarenladen, um dort eine Fotokopie des ungewohnten Reichtums anzufertigen. So froh war er über diesen sensationellen Lohn, dass er den Schein im Kopierer liegen ließ und nur die Kopie mitnahm.

Manchmal bekam ich von Norman als Geschenk einen Linoldruck, meist wenn Katrin einen solchen Druck als Ersatz für ein »richtiges« Geburtstagsgeschenk mitbringen musste. Unheimliche Bilder, mit riesigen paranormalen Wesen, Zwergen mit Kürbisköpfen, die dämonisch lachten, nicht gerade Kinderzimmerkunst. Aber ich fand, sie passten doch in meine Galerie mit dem toten Wald, Helmut Kohl und meinem Skilehrer.

Über die Friedensinitiative freundete sich meine Mutter mit Norman an und kaufte eine große Federzeichnung, die sie bei uns ins Wohnzimmer hängte. Maschinenmenschen, denen Autobahnen aus dem Leib hingen, standen im Halbkreis um eine riesige Kuh, die ein Rehkitz verspeiste. Aus ihren Ohren stieg Rauch, und aus ihrem Hinterteil fielen kleine Zinnsoldaten, die in einer Art Schützengraben neben der Autobahn landeten.

Zu Weihnachten ließ Norman eine Karte mit einem Linolschnitt drucken. Katrin brachte uns eine mit und überreichte sie meiner Mutter. Ich klappte die Karte auf und auf der linken Seite stand in goldenen Buchstaben: »Christmas is coming, goose is getting fat, please put a penny in the old man's hat.« Das Bild dazu war nicht gerade freundlich-weihnachtlich, sondern ein zynischer Vorwurf an eine satte Überfluss-Gesellschaft. Im Mittelpunkt ein fein herausgeputztes Ehepaar, der dicke Mann mit Glatze und Fliege hatte Ähnlichkeit mit den Männern von Otto Dix, nur dass er Hörner hatte, aus denen

Blut tropfte. Durch die Brustwarzen seiner Frau konnte man in ihr Inneres sehen und bei genauer Betrachtung erwiesen sich ihre Zähne als Hochhaussiedlung. Quer durch das Bild ragte im Vordergrund der lange Hals einer abgemurksten Gans.

Am Ostersamstag 1985 nahm ich wie jedes Jahr am Ostermarsch teil, um gegen das Wettrüsten zu protestieren. In diesem Jahr hatten wir tatsächlich einen langen Marsch hinter uns, an dessen Ende wir eine Menschenkette um ein Nato-Depot bildeten. Wir fassten uns an den Händen und zur Melodie von »Hejo, spann den Wagen an« sangen wir »Wehrt euch, leistet Widerstand, gegen die Raketen hier im Land – schließt euch fest zusammen, schließt euch fest zusahamehen … Wehrt euch, leistet Widerstand«. Das war ein ganz positiver, starker Moment, vor allem, weil die Nörgler diesmal zu Hause geblieben waren. Wir waren ganz unter uns.

Meine Mutter und meine Schwester fuhren mit einem befreundeten Lehrerehepaar nach Hause, ich mit Richard, einem friedensbewegten Anwalt aus unserem Bekanntenkreis. Auf dem Beifahrersitz saß Norman in seinem dunkelgrünen Schneesternpullover und trank Bier aus der Flasche, in einer Baumwolltasche hatte er Nachschub dabei. Auf der Rückbank des gelben Ford Granada fühlte ich mich sehr erwachsen, weil ich alleine mit den beiden Männern über die Politik der Nato diskutieren durfte. Katrins Vater schwieg die längste Zeit. Wir schaukelten zwei Stunden durch hessische Berge und Täler, während Norman ein Bier nach dem anderen trank und Richard uns erklärte, welche Abrüstungsschritte als nächstes dran wären. Es dämmerte bereits, als wir Norman vor seinem

Haus absetzten. An der Tür drehte er sich noch einmal um und sah uns an. Er hob kurz die Hand, formte Zeigefinger und Mittelfinger zum Victory-Zeichen, ließ sie wieder sinken und ging hinein.

In der Nacht zum Ostersonntag erhängte er sich mit einem Wollschal an einem Fensterkreuz. Zuvor hatte er sich in ein Kuhfell gewickelt und tausende von Papierschnipseln auf die Straße gekippt, die wie zerrissene Geldscheine aussahen. So hing er die ganze Nacht, bis ihn am Morgen ein Bediensteter des Fürsten entdeckte.

Herzheilbad

Nach Süden hin führte ein großes Tal vom Mittelgebirge weg direkt hin zu einer Kurstadt. Ein großes Heilbad von deutschlandweitem Ruf lockte Generationen älterer Paare hierher zur Kur, bei der alles geboten wurde, was das kranke Herz erfreut: Kurhaus, große Hotels, historische Eisenbahn, Kaufhaus, klassische Kaffeehäuser, anständige katholische Kirchen, bürgerliche Fachwerkhäuser, Schützenverein, Tennisplatz, Stadtmauer und die Reste eines historischen Gradierwerks zur Salzgewinnung aus Solequellen. Hier wurde das salzhaltige Wasser über mit Reisig aufgefüllte Gerüste geleitet, das Wasser verdunstete und übrig blieb die konzentrierte Sole, die dann im Siedehaus weiter zu Salz eingedampft wurde. Die Kurgäste konnten zwischen den Gerüsten mit der plätschernden Sole hindurch flanieren und die wohltuende Wirkung der salzigen Luft genießen.

Im Gegensatz zu unserem Dorf war hier alles urban und seniorenfreundlich. Die Straßen wirkten gepflegt, überall standen prächtig bepflanzte Blumenkübel. Eine idyllische Schmalspurbahn holte die Gäste am Umsteigebahnhof ab, und brachte sie zum mondänen Kurstadt-Bahnhof aus den 20er Jahren.

In meine Klasse in der additiven Gesamtschule gingen auch viele Schüler aus der Kurstadt, die ihrem Selbstverständnis nach von Haus aus gepflegter waren und sozial höher standen als andere Schüler. Sie trugen in der Schule Kleidung mit sichtbaren Herstellerkennzeichnungen und betonten stets, dass sie mit dem »Bähnche« zur Schule gekommen seien und »Kurgäste« bei sich im Haus hätten. Was das bedeutete, wusste ich erst, als ich eine Mitschülerin besuchen durfte. Hier sah es im ganzen Haus so aus wie in einer Pension, nichts deutete auf ein turbulentes Familienleben hin, alles war voller gemütlicher Eicherustikalsitzecken und Zinntellerregale, hier ein moosgrünes Deckchen, da ein Trockenstrauß und dazwischen pure Ödnis.

»Mir ham Kurgäsde!«, zischte die dauergewellte Mutter mir an der Tür entgegen, als ich mit meiner Klassenkameradin Heike nach der Schule vom Bahnhof den Hügel hinauf gelaufen war und das Haus der Familie erreichte. Mitsamt unseren Sachen schob sie uns gleich um die Ecke, damit wir die Kunstmarmortreppe ins Untergeschoss nahmen. Hier war neben der Gefriertruhe die Tür zu Heikes Zimmer.

Das Souterrainzimmer sah aus wie ein kleines trübsinniges Pensionszimmer. Kein Shakin' Stevens-Starschnitt, keine selbstgemalten »WE DON'T NEED NO EDUCATION«-Plakate, keine Aufkleber auf dem Bett mit alten indianischen Weisheiten, kein Regal mit Werken aus dem Kunstunterricht. Ein Bett, ein Nachttisch, ein Schrank, ein Stuhl, ein Tisch, ein Bild und ein Fenster, alles in bajuwarischer Landhausoptik. Und alles musste so verlassen werden, dass es quasi jederzeit von einem Kurgast genutzt werden konnte oder es zumindest so aussah, als würde ein Kurgast hier wohnen.

Fassungslos saß ich auf der Kante des eierlikörfarben bezogenen Bettes und sah meine Freundin an. »Und was is mit deim Zimmer?« »Kurgäsde«, sagte sie triumphierend, »hier unden kannsch defür Musik hörn«, öffnete den zweitürigen Kleiderschrank und holte einen Kassettenrekorder heraus. Wir hörten krachenden David Bowie, *Starman*. Heike zog noch etwas aus ihrer Kreissparkassengeldkassette, bevor sie den Schrank wieder schloss: Ein Päckchen »Stuyvesant«-Zigaretten. »Die hadde ein Kurgasd hier vergessen. Die Mama is jetzt mim Oliver beim Fussball, da können wirs uns gemüdlich machen.« Sorgsam schob sie die Gardine zur Seite, zu der eine Übergardine in der Farbe der Bettwäsche gehörte, und öffnete das Fenster, das außen direkt mit dem Erdboden abschloss. Wir setzten uns ins offene Fenster und sangen laut »There's a starman waiting in the sky / He'd like to come and meet us / But he thinks he'd blow our minds …«, und pafften eine Zigarette dazu.

»Wir gehn ma hoch, solang keinä da is«, sagte sie und schob mich zur Zimmertür hinaus. »Mir rufen deine Mudder an und sagen ihr, dass du heude hier übernachdest und dann gehn mir heute Abend weg.« Heike sprach schon mit meiner Mutter, als ich im Wohnzimmer ankam, sie räkelte sich auf der Sofalehne und versuchte säuselnd meine Mutter zu umgarnen. Nicht, dass meine Mutter mir das Übernachten verbieten wollte, aber sie war es gewöhnt nachzufragen. »Kind, was habt ihr denn vor?« »Wir treffen später noch ein paar aus der Klasse im ›Bachusfässchen‹. Heikes Mama hat es erlaubt.« Das ratlose Schweigen meiner Mutter zog sich ins Unendliche. »Was macht ihr denn da?« Bei dem »ch« von »macht« krachte es richtig in der Leitung, so hart hatte sie es ausgesprochen und ich sah genau ihr verzerrtes Gesicht vor mir.

Kann man Müttern rational beschreiben, was genau man abends in einer Kneipe macht, wenn man eine Freundin begleitet, die dort aufregende Verabredungen hat?« »Vielleicht kommt noch die Alex, mal sehen, ... was trinken, sitzen, Billard spielen und so.« »Den ganzen Abend? Na gut, Kind, wenn du meinst, der Papa holt dich morgen um halb elf wieder ab. Tschüss.« »Tschüss, Mama, danke.«

Als wir zwei Stunden später nicht im »Bachusfässchen«, sondern in der »Goldenen Rebe« an einem rustikalen Tisch mit passendem Deckchen saßen, fragte ich mich dann auch, was ich hier eigentlich machte. Der Laden war genauso eine Kurgastkaschemme wie das »Bachusfässchen«. Heike hatte einen ausgeklügelten Plan, bei dem ich vor allem die legitimierende Rolle der Begleiterin spielen sollte. Sie hatte in der Schule einen ganz offiziellen Freund, mit dem sie »ging«, der aber so weit hinter den Bergen wohnte, dass er ihr in ihre Parallelbeziehung hier in der Kurstadt nur wenig hineinfunken konnte.

Von diesem Kurstadt-Freund, Horst, durfte ihre Familie nichts erfahren, soviel wusste ich. Denn es handelte sich um einen stadtbekannten »Draufgänger«, der zwar erst Anfang zwanzig, aber angeblich schon einmal verheiratet gewesen war. Seit Heikes Cousin die beiden im Sportlerheim zusammen erwischt hatte, erpresste er sie damit. Mal besserte er damit sein Taschengeld auf, mal waren es auch Dienstleistungen in Form von Schwindeleien gegenüber den eigenen Eltern, die er Heike für sein Schweigen abverlangte.

An diesem Abend saßen wir zuerst lange zu zweit herum und tranken Colabier, bis Heikes Cousine Kerstin zusammen mit zwei Filipinos ankam. Heike küsste den kleineren, der einen Schnauzbart und mittellange Haare mit Ponyfrisur trug, auf den Mund und verließ mit ihm das

Seniorenweinstübchen. Als ich ihnen verwundert nachsah, sagte die Cousine, die sich inzwischen mit dem anderen Filipino händchenhaltend zu mir gesetzt hatte: »Die gehn ins Audo. Die Tande derf des ned wissen.«

Wir saßen sicher drei Stunden am Tisch und warteten. Die ständig neu mit Münzen gefütterte Musikbox spielte immer weiter Lieder mit einfachen Reimen vom Rhein und vom Wein. Der Bauch tragende Wirt im weißen Hemd hatte die Speisekarte gebracht und verdrießlich wieder mitgenommen. Der andere Filipino spendierte eine Runde Wodka-Bananensaft, ich hatte schon jetzt kein Geld mehr und mir war ein bisschen schlecht.

Dann endlich kam Heike wieder, sie strahlte über ihr ganzes pausbackiges Sommersprossengesicht und hielt mir ihre Hand, an der ein schmaler, goldener Ring mit Glitzerstein steckte, vor die Nase. Kurz danach kam auch ihr Filipino zurück und setzte sich souverän grinsend an den Tisch. Wir tranken eine weitere Runde Wodka-Bananensaft, dann verließen die drei wieder die Weinstube, Heike und ich blieben zurück. Heike lachte schrill auf und schlug die Hände vor den Mund. »Wie findstn den?« »Hab ihn ja kaum gesehn. Ganz gut, so. Was is denn mit'm Horst?« Jetzt lachte sie noch schriller. »Da gehn mir kleisch hin!«

Horst arbeitete in einer ebenso rustikalen Kneipe, die jedoch ein jüngeres Publikum ansprechen sollte. Alles war neu eingerichtet, aber auch hier war künstliches Weinlaub an den Wänden und in der Mitte der Kneipe stand sogar ein künstlicher Baum, den die Werbung einer Apfelweinkelterei zierte. Horst bediente, als wir ankamen, die Kneipe gehörte einem Freund von ihm, das garantierte uns einen anständigen Platz am Tresen und eine unüberschaubare Menge an Freigetränken. Horst war klein und schütterblond, sah sportlicher aus als er war und besaß einen mintgrünen Ford Fiesta. Auf den ersten Blick glaubte man es nicht, aber er quasselte so lange, bis alle Mädchen ihn gut fanden.

An diesem Abend hatte Horst keine Zeit für Heike, da eine größere Runde junger Männer eifrig Bier und Schnaps bestellte und Horst ständig mit einem Tablett hin- und herrannte.

Manfred, sein Freund und Chef, zapfte das Bier und Heike nutzte dies, um mit ihm rumzualbern. Später schob sie sich zu ihm hinter den Tresen, half ihm beim Zapfen und kurz darauf standen drei Gläser Kirschlikör für uns bereit.

Inzwischen hatte Heike immer wieder ihre Hand in Manfreds Hosentasche verschwinden lassen, um sein »Ein Herz für Kinder«-Feuerzeug herauszunehmen und uns beiden Zigaretten anzuzünden. Kurz danach trank sie mit Manfred »Brüderschaft«.

Als ich das nächste Mal hinschaute, tanzte sie mit ihm hinter dem Tresen. Foxtrott natürlich, und sang mit. »Duju riellie wontu hörtmi, duju riellie wontu mäikmikrahai?«

Die Runde der rustikalen Bierfreunde zahlte gerade und so war Horst damit beschäftigt, die einzelnen Bierdeckel abzurechnen. Heike und Manfred waren verschwunden, ich hielt mich am Tresen fest, praktischerweise war direkt neben meinem Platz ein schmiedeeiserner Griff.

Bald war ich mit Horst allein, er spülte die letzten Gläser und polierte die Zapfanlage. »Was tringen mir zwei Hüpschen denn jedsd?«

Ich stützte den Kopf auf und sah ihn schweigend an. »Na, dann lass disch mal überraschen.« Mit vorwärts schwingenden, angewinkelten Armen bewegte er sich verführerisch zur Musik von »Send me an angel«, in zwei kleine Gläser füllte er irgendwas Alkoholisches aus verschiedenen Flaschen. Es schmeckte nach Bounty in Brennspiritus, das unscharfe Gesicht von Horst war plötzlich ganz nah.

Andere Meinungen

Für uns war klar, wofür und wogegen wir waren, und was wir dafür oder dagegen unternehmen mussten. Ein Kernpunkt unseres politischen Selbstverständnisses war die kontinuierliche Teilnahme an Protestversammlungen, damals sagten wir einfach Kundgebung oder Demo. Die Demos sollten Protest und Widerstand artikulieren und Aufmerksamkeit schaffen, stärkten aber auch das Gemeinschaftsgefühl. Die Heimat, die ich gefunden hatte, war vor allem eine ideologische Heimat.

Auch für meine Mutter war es nichts Besonderes, als sie mit zwei weiteren Aktivisten aus der Friedensbewegung eine Anzeige in einem Lokalblättchen aufgab, in der sie gemeinsam zur Teilnahme an einer Großdemonstration aufriefen.

Einige Tage nach Erscheinen der Anzeige erhielt meine Mutter einen Brief, der direkt durch unseren Briefschlitz in den Flur geflattert war. Das kleine DIN-A6-Kuvert war mit Schreibmaschine beschriftet, als Absender stand auf der Rückseite »NSDAP-Ortsgruppe«, daneben war mit Filzstift ein Hakenkreuz gemalt.

Der Brief legte gleich richtig los. Er nannte die drei Unterzeichner »Vaterlandsverräter« und drohte, wenn sie nicht aufhörten, das deutsche Volk aufzuhetzen, müssten sie sich »nicht wundern«, wenn ihnen ein Unglück zustoßen würde. Von Sabotage war die Rede, mit Autos könnten schlimme Dinge passieren, und am Ende kündigte das Schreiben unverhohlen an, man werde den politischen Gegner zu »Seife verarbeiten«. Auch der Brief selbst war auf Schreibmaschine getippt, dann fotokopiert und zuletzt mit Hakenkreuz und SS-Runen versehen worden.

Meine vor Angst zitternde Mutter schnappte sich den Wisch und machte sich auf zur zwanzig Kilometer entfernten Polizeistation. Die Reaktion des gelangweilten Polizeibeamten war unmissverständlich: »Wisse Sie, wenn Sie e polidische Meinunck vertrede, dann müsse Sie demit räschene, dass jemant e annere Meinunck hadd.« So hatte er für sich das Prinzip von Ursache und Wirkung anschaulich auf den Punkt gebracht und sah keinen Grund, etwas zu unternehmen.

Die polizeilichen Ermittlungen richteten sich in der Folge auch vor allem gegen meine Mutter und ihre Mitunterzeichner. Im Bekanntenkreis standen plötzlich Polizisten vor der Tür und stellten Fragen zu Freunden und Feinden, bei den Treffen unserer Friedensinitiative tauchte die Presse auf. Zusammen mit den Journalisten versuchten wir rauszubekommen, mit welchem Schreibmaschinentyp der Brief verfasst worden sein könnte.

Richard, unser Anwalt versuchte die Post zu belangen, da die Hakenkreuze auf dem Kuvert ja deutlich sichtbar waren und das Zeigen und der Transport nationalsozialistischer Embleme verboten waren. Spätestens unserer Postfrau Morkel mussten die Hakenkreuze aufgefallen sein.

Nach ein paar Tagen hatte sich die erste Aufregung gelegt und alles schien wieder seinen gewohnten Gang zu gehen. Durch Zufall fiel meinem Vater jedoch auf, dass am roten Fiat Fiorino meiner Mutter alle Schrauben des rechten Vorderrades gelockert waren. Für uns war klar, dass jemand daran herummanipuliert hatte, beweisen konnten wir das freilich nicht.

Kurz darauf fuhr meine Mutter zum Einkauf ins Dorf hinunter. Noch vor der letzten Kurve merkte sie, dass die Bremsen nicht funktionierten. Wie durch ein Wunder gelang es ihr, das Auto auf einem neben der Straße gelegenen Feld zum Stehen zu bringen. Passiert war ihr zum Glück nichts.

Die Autowerkstatt fand heraus, dass die Bremsbacken geölt worden waren, was für Kenner bei diesem Modell angeblich ein Kinderspiel war. Die Polizei schickte nun ab und zu einen Streifenwagen in unsere Straße, kam in der Sache sonst aber nicht weiter.

Allmählich hatte sich das Ereignis in meiner Schule herumgesprochen. Eine Lehrerin holte mich vor der versammelten Klasse nach vorne, und ich sollte berichten. Für kurze Zeit hatte ich so was wie einen Opferstatus. Ein Opfer, das darauf wartete, zu Seife verarbeitet zu werden.

Sonst passierte nichts. Wir waren allein mit unserer Angst und warteten, was kommen würde. Anton, Großgrundbesitzer und Christdemokrat, aber ein großer Verehrer meiner Mutter, brachte uns selbst gemachte Leberwurst und Korn. Er blieb und redete den ganzen Abend. »Die solldmer allinn Saggstegge unn druffhaache.«

In unserem Dorf wurde das Thema weggeschwiegen, es war einfach nicht da, und plötzlich erschienen viele um uns herum wie stumme Sympathisanten. Jeden Opel-Fahrer mit einem »böse onkelz«-Aufkleber fanden wir verdächtig, wir entwickelten die finstersten Theorien und gaben der Polizei entsprechende Hinweise – aber es tat sich nichts.

Lange Zeit später erhielt meine Mutter einen Anruf, dass man in Bayern einen alten Mann festgenommen habe, bei dem auch die gesuchte Schreibmaschine entdeckt worden sei.

Eins in der Dämmerung

Die idyllische Kulisse der kleinen Kurstadt empfahl sich uns Jugendlichen unabweisbar als Bühne für provokantes Theater. Die von der übrigen Bevölkerung, allen voran den Geschäftstreibenden, sehr wertgeschätzten Kurgäste waren unser schockiertes Publikum. Wenn im Steigenberger Hotel ein Festbankett stattfand, lud der Sohn des Hauses natürlich in die heimische Garage zum Kiffen ein. Es musste auch unbedingt der tätowierte Langhaarige sein und nicht der mit dem Seitenscheitel und gelbem Polohemd, wenn meine Klassenkameradinnen ihre Begleiter wählten für die Firmungsfeier der Cousine.

Und wo man die besten Kandidaten auftrieb, auch dafür hatten die Kurstadtmädels aus meiner Klasse ein sicheres Gespür. Sie hatten immer was zu erzählen: von Jungs, die nachts in Kioske einbrachen um Bier zu klauen, oder von einem, der schwul war und der in einer Vitrine Meissner Porzellan sammelte, oder von dem Neuen der Cousine, der schon mal »gesessen hatte«. Vieles davon war so aufregend, dass es geheim stattfinden musste. Dadurch wurde es noch aufregender.

»Gingegigong« machte nun unsere elektrische Türklingel, die uns zehn Klingeltöne zur Auswahl geboten hatte. Meine Mutter öffnete die Tür und kam in die Küche zurück. Sie äffte den Ankömmling nach: »Här sprächt Haikä, mächt räden!« Dabei machte sie sich breit wie ein Cowboy beim Showdown, die Hände griffbereit am Abzug.

Vor der Tür stand Heike, im Lodenmantel. Es war ein hundsgewöhnlicher Nachmittag nach der Schule, und wegen ihrer Aufmachung vermutete ich, dass sie die fünfzehn hügeligen Kilometer nicht auf dem Fahrrad hergefahren war. Wir hatten ja alle noch keinen Führerschein. Es musste etwas passiert sein.

Heike lachte gutgelaunt, ihre goldenen Locken wippten mit jeder Kopfbewegung. Sie wolle mich zum Grillfest abholen, im »Hinkelsknick«. Das war eine Wiese außerhalb des Dorfes, dort wo der Feldweg hinter dem Friedhof eine Neunzig-Grad-Kurve machte. Und um diese Biegung mussten auch »die Hinkel« – die Hühner, wenn sie nicht durch den Bach wollten. »Hinkelsknick«, da ist doch nichts dabei.

Aber ein Grillfest? Hier auf dem Dorf? Sofort meldete ich mich zuhause ab und ging neugierig mit. So abgelegen, wie wir wohnten, bekam ich selten spontan Besuch und schon gar nicht von Klassenkameradinnen aus der Stadt.

Als ich den jägergrünen Opel Rekord sah, wurde mir einiges klar. Cousine Kerstin wartete am Steuer, und auf der Rückbank saßen die kleinen Filipinos in weiß gefleckten Jeans, tranken Berry Long aus der Flasche und hatten einen irrsinnigen Spaß. Heike warf sich zwischen die beiden, und als ich auf den Beifahrersitz geklettert war, fuhren wir los. Ich musste den Weg ansagen, Heike war nur einmal im »Hinkelsknick« gewesen. Wir parkten neben dem Feldweg auf der Wiese, ließen die Autotüren offen stehen und drehten die Musik auf.

Meine Unterhaltung mit den Filipinos kam nicht richtig in Gang, ich verstand sie kaum. Ich hatte auch ihre Namen nicht ganz mitgekriegt und sofort wieder vergessen.

Immerhin einigte ich mich mit ihnen auf den Musikgeschmack: »Music is cool, hey.«

Heike spendierte eine Runde Zigaretten und summte dabei zur Musik. Jeder bekam eine glühende Zigarette, die sie an ihrer angesteckt hatte. Heike war bester Laune, hier würden sie weder ihr Cousin noch andere schnüffelnde Bekannte suchen. Soweit ging der Plan auf.

Kerstin saß mit »ihrem« Filipino auf der einzigen Bank und versuchte ihm das Wort »Sozialversicherungsfachangestellte« zu übersetzen, der andere Filipino hatte sich hinter das Steuer gesetzt und stöberte durch die Kassettensammlung im Handschuhfach. Neben ihm versuchte Heike, verärgerte Furchen in ihrem Sommersprossengesicht, mit einem Papiertaschentuch grünbraune Schmiere von ihrem goldbeschnallten Collegeschuh zu entfernen. Sie musste in einen Kuhfladen getreten sein.

Vom Friedhof näherte sich plötzlich ohrenbetäubender Lärm. Oliver Hoffmann, »Olli«, war mit seinem auf Lautstärke frisierten Mofa unterwegs. Seine halblangen Locken wehten im Fahrtwind, als er den Hügel herunter gefahren kam. Er hielt aber nicht, sondern fuhr breit grinsend eine Schleife und verschwand wieder über die Felder Richtung Dorf.

Unseren Begleitern dagegen ging typisches Männlichkeitsgetue gänzlich ab, weshalb wir nach einer Stunde »Grillfest« noch nicht einmal ein Feuer hatten. Also raffte ich mich auf, fand ein paar trockene Zweige und machte mich daran, die Kohle anzuzünden. Da zog vom Dorf her eine Karawane Mofas heran, hintennach ein Auto, das wummewummwummewummm über den Feldweg sprang, als würde es sich zum Rhythmus der Bässe bewegen, die aus ihm herausdröhnten. In selbstgefälligem Ernst luden etwa ein Dutzend Jugendliche, zwei, drei Jahre älter als wir, ihren Proviant ab: Bierkästen, Brennspiritus und marinierte Steaks. Sie hatten von Olli die frohe Kunde empfangen, »im Hingelsknigg is was los.« Alles ging ruckzuck, der eine hatte das Auto ausgeräumt, der nächste schleppte die Bierkästen zum Kühlen in den Bach, schon kippte jemand mehr Briketts und Brennspiritus auf die Feuerstelle. Der Abend war perfekt.

Mit der Dämmerung zog eine feuchte Kühle auf, und aus dem Opel kam »all the dreams that we were building / we never fulfilled them …«, unterbrochen von »Holsde mir auch nochä Bierche, Olli«, »… lessons in love.«

Die Mauer hält nicht

Meine Familie, unsere Freunde und viele unserer Bekannten hatten sich inzwischen ganz gut eingerichtet in einer ideologischen Parallelwelt.

Wir wollten die Umwelt retten, sammelten nachts auf den Straßen Kröten auf und hatten Grünen-Ortsverbände gegründet. Wir waren für die Gleichberechtigung der Völker und der Frauen, lasen Emanzipationsliteratur, wir waren gegen die Bundeswehr und die Polizei und gegen den sauren Regen und gegen rechts, wir betrachteten jeden Mercedes mit dem Aufkleber »Atomkraftgegner überwintern bei Dunkelheit mit kaltem Hintern« voller Geringschätzung. Jeder wusste, wo er stand. Entweder links oder rechts, oben oder unten, arm oder reich. Die Welt war überschaubar.

Es war Samstag, der April warm und ich sechzehn, ein historischer Tag. Am Vorabend war ich im »Dolm« gewesen, einem alternativ-angehauchten Laden mit Tanzfläche, großer Bar und Kicker. Es hieß, vielleicht nicht ganz zu Unrecht, dass sich hier »die Kiffer« treffen würden. »Tanzen« meinte ein relaxtes Auf-der-Stelle-Treten. Jeden Abend lief *We don't need no education*, und wenn nicht, dann ging man eben zum DJ und wünschte es sich.

Zu unseren extrovertierteren Tanzstilen gehörte es schon, gelegentlich die Faust hochzureißen oder laut mitzusingen. Man konnte auch einfach im schwarzen T-Shirt dastehen, die Hände in den Hosentaschen, eine Zigarette im Mundwinkel, den Kopf im Takt wippen, vielleicht ab und zu mal das Kniegelenk. Cool war das schon.

Nicht alle Eltern sahen es gerne, dass wir an den Wochenenden, später, sofern es mit der Abiturvorbereitung gut lief, jeden Abend im Dolm rumhingen. Nicht nur wegen des zweifelhaften Rufs, sondern vor allem musste gewährleistet sein, dass wir am nächsten Morgen pünktlich in der Schule saßen. Ich musste den Bus um 06.10 Uhr nehmen, damit ich den Zug um 07.12 Uhr bekam, um pünktlich um 08.00 Uhr in der Schule zu sein.

Das Dolm befand sich direkt am Bahnhof, vis-à-vis der Schule. Um ein Uhr morgens war Sperrstunde, und nachdem man die Freunde mit dem Auto auf die Dörfer verteilt hatte, war es selten später als zwei.

In der zurückliegenden Nacht aber war etwas völlig Verrücktes passiert. Meine Freundin Gabriele, »die Gabi« hatte Fahrdienst gehabt, sie war etwas älter als der Rest und daher eine der wenigen mit Führerschein. Auf dem Weg ins Dolm hatten wir die bayrischen Top Ten gehört. Wir hatten alle wichtigen Leute getroffen, und alle wichtigen Leute hatten uns gesehen. Aber der Abend war noch lange nicht zu Ende, als sich Gabi schon zur letzten Runde durch den vollgestopften lauten Laden aufmachte und mit dem Schlüsselmäppchen in Form und Farbe eines Tennisballs wedelte, das zu dem bronzefarbenen Passat ihrer großen Schwester gehörte. Sie musste insgesamt vier Mitschülerinnen aus dem Gedränge fischen, also fing sie rechtzeitig an.

Mehrmals war es mir an diesem Abend gelungen, ihr zu entwischen. Wenn sie mich antraf, hatte ich zufällig gerade ein frisches Glas Bier in der Hand, und ihr Verantwortungsbewusstsein war groß genug, um mich nicht einfach die Nacht auf dem Bahnhofsvorplatz verbringen zu lassen. Sie wartete, und kurz darauf wurde sowieso die Rausschmeißmusik *Pink Panther* gespielt.

Nachdem Gabi mich zuhause abgesetzt hatte, saß ich auf dem Badewannenrand im Obergeschoss und putzte die Zähne, als das Unfassbare geschah. Es klingelte.

Das elektronisch verzerrte Westminster-Läuten durchzog unser dunkles Haus. Um kurz nach zwei! Ich wusste nicht, was ich tun sollte. So lauschte ich erst einmal, ob meine Eltern wach geworden waren. Nichts. Dann öffnete ich das Fenster und sah hinunter. Den Hauseingang konnte ich von hier oben nicht sehen. Aber auf der Straße parkte ein Auto, ein oller schwarzer Saab, der ganz sicher keinem unserer Nachbarn gehörte und den ich schon mal gesehen hatte. An dem Metallica-Schal im Fenster erkannte ich sicher, dass es einem aus dem Dolm gehörte, mit dem ich aber rein gar nichts zu tun hatte, und ich hörte mehrere Stimmen. Schnell versuchte ich, die irrsinnig laut knarrende Holztreppe hinunter zu schleichen.

Anscheinend waren meine Eltern immer noch nicht aufgewacht, meine Schwester studierte bereits und war nur noch an manchen Wochenenden zu Besuch. Ich öffnete die Haustür, draußen standen der Besitzer des Autos und Andreas, ein Freund von ihm, der in meine Stufe ging und zu den echten Freaks gehörte.

Völlig betrunken lehnte er in seiner Armeejacke am Treppengeländer und meinte, wir müssten »noch was los machen«. Der Duft des blühenden Holunderstrauchs verlieh der Situation etwas Liebliches.

Noch irgendwo hinzufahren, machte keinen Sinn. Weit und breit hatte kein Laden mehr auf. Also schoben wir

Andreas die laute Treppe hoch in mein Zimmer, wo er sich auf meinem Bett langmachte und anfing zu summen, Tommy, der Fahrer, instruierte mich Bier zu holen. Dafür musste ich erneut die sich jetzt noch lauter anhörende Treppe hinunter, auch die sonst bewährte Methode, die Stufen nur seitlich zu betreten, schien nichts zu helfen. Natürlich stand die Schlafzimmertür meiner Eltern einen Spalt breit offen, sodass ich nicht wagte, das Licht einzuschalten.

Wenigstens war die Kellertreppe aus Stein, sie machte keine Geräusche. Mit drei Flaschen Bier kam ich wieder nach oben. Andreas war inzwischen auf meinem Bett eingeschlafen, und Tommy inspizierte meine dürftige Schallplattensammlung, entschied sich dann für U2 und öffnete die Flaschen mit seinem Feuerzeug. Ich versuchte, es mir in meinem Nachthemd auf einem dunkelblauen 50er -Jahre-Sessel bequem zu machen und dabei lässig auszusehen. Als Tommy versuchte, das Päckchen Zigarettenpapier aus Andreas' Hosentasche zu fischen, weckte er ihn auf. So saßen wir drei zusammen und tranken Bier, bis die beiden gegen halb vier wieder aufbrachen, und ich vor Aufregung nicht schlafen konnte.

Am nächsten Morgen musste ich eine Ewigkeit ausharren, bis ich endlich Gabi anrufen und ihr von der sensationellen Nacht erzählen konnte. Unser Telefon war an der Wand im Flur angebracht. Man musste beim Telefonieren die ganze Zeit stehen, die Schnur reichte nur für eine Kniebeuge, oder man beschäftigte sich mit den Telefonbüchern und Notizzetteln auf der kleinen Anrichte. Eine Atmosphäre wie in einer Telefonzelle, nur dass von unserem Flur viele Türen abgingen und also ständig jemand durchlief, beziehungsweise ich permanent damit rechnen musste.

Die einzige Telefonzelle des Dorfes war samstags fast ganztägig von Adele Sommer besetzt, einer wunderlichen alten Frau, die dort die Telefonate für die ganze Woche abhielt.

Ich musste also warten, bis meine Eltern endlich aufgestanden waren und sich zum ausgiebigen Kaffeetrinken und Zeitunglesen in der Küche eingerichtet hatten. Da erst ergriff ich die Chance, rief Gabi an und berichtete ihr im codierten Telegrammstil, dass etwas passiert war, das ich ihr umgehend erzählten müsse.

Ich schwang mich auf das alte Rabeneick-Rennrad meines Vaters und machte mich auf den Weg zu Gabi, fünfzehn Kilometer.

Kurz vor der Kurstadt musste ich einen steilen Anstieg hinauf, die Straße war stark befahren, und jeder Autofahrer wusste: »Du mussd aufem Gas pleibe sonst kommste ned nuff.« Endlich hatte ich die Autobahnbrücke passiert, es war fast geschafft. Von da konnte man sich ins Tal rollen lassen.

Gabi empfing mich, im Schneidersitz auf einem indischen Tuch sitzend, in ihrem Zimmer. Das Interieur hatte sie von ihrer älteren Schwester übernommen, die schon ausgezogen war.

Sie lauschte meiner Geschichte angespannt, fortwährend schob sie sich die schwarzen Haare hinters Ohr. Sie hatte ein Faible für den langhaarigen Andreas und seine verführerischen Augenringe. Dabei wollte ich ja nichts von ihm. Ich lag völlig verschwitzt neben ihr auf dem Boden und berichtete minutiös von der letzten Nacht. Dann goss sie Tee nach und zündete ein neues Räucherstäbchen an, und wir schmiedeten einen Plan für den Abend im Dolm.

Deshalb brach ich bald auf und trat mächtig in die Pedale, schließlich musste ich mich noch hübsch machen. Wie immer gab es daheim um 18.00 Uhr Abendbrot, und um 19.30, zur Hessenschau, wurde der Fernseher eingeschaltet. Dort erfuhren wir noch nichts vom Brand im Atomkraftwerk in Tschernobyl und der Freisetzung von Radioaktivität.

Als dann der Unfall und die gigantischen Ausmaßen bekannt wurden, machte ich mir Sorgen, dass der Nachmittag auf dem Rad mich komplett verstrahlt hatte, obwohl »die Wolke« erst später kam. Alle waren verunsichert. Wir hatten zwar keinen eigenen Geigerzähler, aber anhand der Messwerttabellen in den Zeitungen bewerteten wir jedes Lebensmittel, ob es essbar war oder nicht, und wir sind nie wieder Pilze sammeln gegangen.

Das Päckchen mit den polnischen Trockenpilzen, das wir zum Dank für unser Weihnachtspaket mit West-Schokolade und Melitta-Kaffee erhalten hatten, versorgte meine Mutter oben auf dem Wohnzimmerschrank, und nach einer ihr für solche Fälle angemessen erscheinenden Halbwertszeit warf sie es weg.

Die Wolke war einfach rüber gekommen, kaum ein Mensch hatte es unversehrt über die Mauer geschafft, der atomaren Wolke aus Tschernobyl war es gelungen, und nun regnete es.

Den Abend nach meiner Radtour zu Gabi verbrachten wir dank der sowjetischen Nachrichtensperre ganz wie geplant im Dolm. Trotzdem ist Gabi mit Andreas nie zusammen gekommen.

Die Taube fällt vom Himmel

Plötzlich flogen Steine. Mit meiner Familie hatte ich an fast allen Friedensdemos im Bonner Hofgarten und im Hunsrück teilgenommen, an Menschenketten, an Ostermärschen, an Kundgebungen gegen Aufrüstung. Alle Demonstrationen – jedenfalls das, was ich davon mitbekam – waren friedlich verlaufen, man trank Tee aus Thermoskannen, in der aufgesetzten Tasche der alten Bundeswehrhose hatte ich Bonbons, man konnte bei merkwürdigen Luftwesen »Energiebällchen« kaufen. Meine Buttonsammlung wuchs mit jeder Demo um ein schönes Stück. Ich war ein Profi. Frauen mit offenen langen Haaren und wehenden Blusen sangen, Männer mit Bärten tanzten in Sandalen. Und überall wuselten Kinder umher. Wenn nicht der bevorstehende Weltuntergang gewesen wäre, hätte man die Demos für wundervolle harmonische Feste halten können.

Aber es hatte sich etwas verändert. Die erste Frustration kam auf, als trotz aller Proteste die Nachrüstung stattfand. Und dann, im Frühjahr 1986 explodierte das Atomkraftwerk in Tschernobyl, und trotzdem baute die Bundesrepublik weiter auf Kernenergie. So, als wäre nichts passiert. So, als wäre bei uns alles sicher. So, als wäre nur die sozialistische Atomkraft gefährlich.

In der Umgebung gab es mehrere Konzerne, die in der Atombranche tätig waren, Unternehmen, die Plutonium verarbeiteten, Brennstäbe herstellten – eine Art westdeutsches Nuklearzentrum, Produktions- und Umschlagplatz für waffenfähiges Material. Über Flugblätter hielten wir uns gegenseitig auf dem neuesten Stand, was alles passieren konnte und wer von den Unternehmen beliefert wurde.

Als dann Unregelmäßigkeiten bekannt wurden, und dass jahrelang und von den Behörden geduldet ohne die nötigen Genehmigungen gewirtschaftet wurde, musste etwas unternommen werden. Bei der ordentlich angekündigten Demonstration vor dem Werkstor der »Nuklearfabrik« war ich mit meiner Familie natürlich dabei.

An diesem grauen Novembertag sah ich durch das Reisebusfenster – die gerade beendeten Matheaufgaben vor mir auf den Knien, neben mir auf dem abgewetzten Samtsitz meine Schwester – ein unscheinbares Firmengebäude in einem Allerweltsindustriegebiet. Wir konnten kaum glauben, dass hinter dieser Kulisse mit so gefährlichen Stoffen hantiert wurde. Wir dachten, nach Tschernobyl würde man auf Sicherheit setzen. Setzte man ja irgendwie auch, das erkannten wir an dem enormen Polizeiaufgebot, das auf uns wartete.

Der Bus parkte abseits, und wir liefen das Stück zum Werkstor zurück, wo die genehmigte Kundgebung stattfand. Über Lautsprecher auf dem Dach eines VW-Busses wurden skandalöse Details verlesen, Vertreter verschiedener Initiativen machten Aufrufe, und zum Schluss hörten wir eine junge Frau mit schriller Stimme Forderungen an die Politik und an die Behörden stellen. Danach setzte sich ein Protestmarsch rund um die Anlagen in Bewegung, der sich aber bald in der Kälte verlief. Ich wollte zum Bus zurück, die Veranstalter und die Polizei hatten uns bestimmt schon gezählt – natürlich mit unterschiedlichen Ergebnissen. Also hatten wir unsere Pflicht getan.

Dann sah ich einen mit Sturmhauben, Kapuzen und Schals vermummten, schwarz gekleideten Trupp heranstürmen, und direkt neben mir begannen sie, mit Schraubenziehern das Verbundpflaster aus dem Gehweg und der Verkehrsinsel zu hebeln. Hinter ihnen reihte sich eine Kette auf und reichte die herausgebrochenen Steine weiter. Ich dachte, das sieht aus wie auf den Fotos mit den Trümmerfrauen, nur irgendwie umgekehrt.

Die Ketten wurden immer zahlreicher und immer länger. Überall entstanden Haufen mit handlichen Steinbrocken. Interessiert schlenderte ich zurück zum Werkstor, wo inzwischen ein wildes Handgemenge entstanden war. Demonstranten versuchten, über das Tor zu klettern und wurden von Polizisten heruntergezogen. Andere Polizisten hatten eine Kette gebildet, um so mit Schlagstöcken und Schutzschilden die Menge von dem Tor fernzuhalten.

Jetzt flogen die ersten Steine. Auf die Schutzschilde, auf das Pförtnerhäuschen, auf die Polizeibusse, die »Wannen«, auf die Polizisten, die die Kletterer heruntezogen und auf die Polizisten, die keinen mehr zum Tor lassen wollten. Die Steine kamen irgendwoher aus dem Tumult, es war nicht mehr auszumachen, wer Steinelieferant war und wer Steinewerfer.

Ich stand bei meinem Vater und meiner Schwester, in einigem Sicherheitsabstand zu dem gewalttätigen Treiben, und schaute sehr interessiert hinüber. Zum ersten Mal war ich Steinewerfern begegnet. Aber ich hatte überhaupt keine Angst. Die Steine flogen nicht in unsere Richtung.

Der Gegner war klar, die Unternehmen mit ihren undurchsichtigen Machenschaften und der Staat, der das zuließ und sich durch die prügelnde Polizei repräsentieren ließ. Die friedlichen Proteste waren im Nichts verhallt. Die logische Folge hieß Gewalt.

Am Abend zuhause saß ich in meinem Zimmer auf dem Teppich und schrieb ein Lied, das ich in meinem mit chinesischer Seide bezogenen Tagebuch festhielt.

> Demonstranten ziehen lärmend durch die
> Straßen
> „Bürger" stehen lauernd am Fenster
> Junge Menschen in Grün mit Schutzschildern
> stehen hinter dem Zaun
> Junge Menschen in Schwarz mit Masken
> stehen vor dem Zaun
>
> Steine und Farbbeutel fliegen
> Wasser und Tränengas sind die Antwort
> keiner verhindert, daß das Verbundpflaster der
> Bürgersteige auseinandergenommen wird.
> Alle stehen da und beklagen die fliegenden
> Steine.
>
> Der Großteil der Demonstranten aber feiert ein
> grobes
> friedliches Fest mit Musik und Lachen
> Essen und Sonne
> Gemeinschaft und Freundlichkeit
> Im Fernsehen sieht man nur Vermummte.

Für mich war die Ära der Friedensdemos mit einem Mal vorbei. Die Taube war tot vom Himmel gefallen. Der schwarze Block war aufs Land gekommen. Und ich fasziniert mittendrin.

Mobilität

Die Kurstadt bot uns Raum für die abenteuerlichsten Partys. Gerade außerhalb der Saison standen hier genügend Übernachtungsmöglichkeiten zur Verfügung, die auch dringend nötig waren, da es für die Nicht-Kurstädter ja keine Möglichkeit gab, nachts noch nach Hause zu kommen.

Mit meiner Mutter hatte ich im Fernsehen einen amerikanischen Spielfilm gesehen, in dem Jugendliche in schwarzen Lederklamotten Bierdosen mit Kugelschreibern seitlich anstachen und das Loch an den Mund setzten, um dann erst den Verschlussring abzuziehen, wodurch ihnen das Bier voll in die Kehle schoss. Man konnte gar nicht mehr aufhören zu trinken, bis die Dose leer war.

Den Spaß wollte ich mit meinen Freundinnen auch ausprobieren. Die Vorbereitungen waren etwas kompliziert. Wir mussten erst den Fahrservice unserer Eltern und natürlich die Bierdosen organisieren, die konnte ich ja nicht mal eben bei Frau Lohrey kaufen, dazu mussten wir schon in den Supermarkt. Schnell war klar, dass der Kurpark die ideale Kulisse für unser Vorhaben bot.

Heike war dabei, Gabi und Ulrike. Die wollte es sogar mit einer 0,5l Dose Weizenbier versuchen. Der anberaumte Abend war endlich gekommen, Ulrike und ich würden bei Gabriele übernachten, Heike konnte nach Hause laufen.

»Nur kurz zum Kurpark«, rief Gabi ihrer Mutter zu, die uns misstrauisch nachblickte, als wir mit den verräterisch ausgebeulten Plastiktüten unauffällig die Straße hinabschlenderten. Die Mutter war vorerst beruhigt, wahrscheinlich verband sie mit »Kurpark« doch Anstand und Sittlichkeit und erhoffte sich nun für die Entwicklung ihrer Tochter eine Wendung zum Guten.

Vor lauter Vorfreude waren wir schon ganz außer uns, als wir im Kurpark ankamen. Wir warfen die Tüten auf den Rasen und stellten uns, breitbeinig wie die amerikanischen Lederjackenrüpel, im Halbkreis auf. Das Ganze klappte aber doch nicht so recht. Erst brach der Kugelschreiber, dann hatte Gabi große Schwierigkeiten, den Ring zu lösen, während sie die Dose an den Mund hielt. Und Ulrikes Weizenbier entwickelte sich zu einer gigantischen Kurparkfontäne. Nach dem fürchterliche Gespritze waren wir alle eher klebrig als betrunken, aber sehr gut gelaunt.

Die Hoffnung von Gabrieles Mutter erlosch ein halbes Jahr später, als wir bei Gabi zuhause im Partykeller Sylvester feierten, und sie und ihr Mann die Bar wieder in Ordnung brachten. Wir träumten noch in unseren Schlafsäcken auf dem ornamentverzierten Teppichboden eines Kurgastzimmers, als sie eine gigantische Spritze samt Nadel aus dem Mülleimer zog, mit der man eine Kuh hätte betäuben können. Leider konnten wir dabei ihr Gesicht nicht sehen.

Erst Stunden später, als wir aus den Schlafsäcken krochen, präsentierte sie uns das »Spritzbesteck« auf einem silberfarbenen Tablett, voller Sorge und mit vorwurfsvollem Blick. Christiane F. und ihre Berichte aus dem Junkie-Milieu waren bis in den allerletzten Winkel der Republik zum Begriff geworden und hatten so auch die Angst vor Beschaffungskriminalität und auf den Strich gehenden Kindern in kurstädtische Wohnzimmer gebracht.

Es war doch viel harmloser. Die Spritze hatte ich von Zuhause mitgebracht! Eine Tierärztin hatte sie uns mitgegeben, um den Igeln, die bei uns überwinterten, ein Vitaminpräparat ins Maul zu spritzen. Die Igel hatten zu viel Gewicht verloren, als dass sie alleine durch den Winter kommen konnten. Jedes Jahr lebten bei uns im Flur zehn bis zwölf Tiere in riesigen Fernsehkartons, die wir uns schon im Herbst beim Elektrohändler besorgten. In die Kisten stopften wir zerknülltes Zeitungspapier, dann fütterten wir sie mit Hundefutter aus der Dose.

Gabrieles Mutter schien die Sache mit den Igeln zwar zu glauben. »Deshädde isch mir kleisch dengen können, dass die von dir komme is.« Aber wozu wir die Spritze bei der Party benutzt hatten, war damit noch nicht geklärt. »Ga–pri–e–le! WAS is hier gelauwe???«, schrie sie streng. Sie wusste, dass ich Umgang mit »Langhaarische« hatte, die potenziell immer im Verdacht standen, naive Mädchen von Heroinspritzen abhängig zu machen, um so freien Sex und die Revolution zu erzwingen. Doch fehlte ihr der Sachverstand im Umgang mit Drogen um festzustellen, dass ihre Ängste zumindest in dieser Hinsicht unbegründet waren.

Erfreulicherweise schlug just in diesem Moment die von Gabrieles Vater selbst gebastelte Wanduhr des Partykellers elf Uhr, und die Eltern fuhren vor, um ihre erschöpften Kinder abzuholen. Ich folgte meinem Vater nach höflicher Verabschiedung bei den Gastgebereltern grinsend zum Auto. Gabrieles Mutter biss sich lieber auf die Zunge, als den Eltern zu beichten, was sie in ihrem Partykeller gefunden hatte.

Ein wichtiger Schritt zur Selbständigkeit war der Erwerb des PKW-Führerscheins – er bedeutete das ersehnte Ende eines jahrelangen Handelns und Bittens. Mofafahren war unter uns Mädchen nicht sehr verbreitet und unsere Eltern wollten auch nicht, dass wir nachts groß durch die Wälder kurvten. Nein, Mofafahren war höchstens was für Jungs. Also besuchten fast alle, die ich kannte, ungeachtet der sozialen Stellung, die Fahrschule schon mit siebzehn, um dann pünktlich zum achtzehnten Geburtstag den PKW-Führerschein zu bekommen.

Das machte den Fahrlehrer auf dem Land zu einer gottgleichen Figur. Mein Fahrlehrer, dem auch die Fahrschule bei uns gehörte, hieß Rainer, ich sollte ihn mit Vornamen ansprechen. »Sachdoch eifach Rainä, dess machen miähiäso.«

Er holte mich mittags an der Schule oder nachmittags zuhause ab, und ich musste dann den nach Hause fahren, der das Fahrschulauto zu mir bewegt hatte. So war der Fahrlehrer immer unterwegs und konnte nebenbei noch seine Privatangelegenheiten erledigen. Wir brachten seine Steuererklärungen zu Briefkästen im Mittelgebirge, damit ich das Anfahren am Berg üben konnte, und steuerten regelmäßig den neuen Supermarkt an, auf dessen Parkplatz ich so prima das Einparken üben konnte. Danach patschte Rainer mit seinen kleinen dicken Händen beglückt auf meinen Arm und ich durfte zur Belohnung mit ihm einkaufen gehen. Er warf wahllos Eintellergerichte in Dosen in den Wagen, spendierte eine Packung »Quality Street«, und ich musste ihn beraten, welches Duschgel am besten zu ihm passte. Zum Glück war das nicht der Supermarkt in unserm Nachbardorf, in dem mich jeder kannte. Er holte alle Duschgelflaschen aus dem Regal, klappte den Deckel hoch und tupfte sich was davon ans Handgelenk. Jetzt musste ich daran riechen. »Jeds sach dochemal, wasisch füan Tüb bin. Mehr so ›Sport‹ oddä ›Moschus‹, was täde disch anmache?«

Solche peinlichen Auftritte verschaffte er mir so ziemlich bei jedem gemeinsamen Einkauf, mal ging es um Angebotsschlüpfer mit Playboyhasen, mal um die Auswahl einer speziellen Raucherzahncreme, bei der ich im Laden seine Zahnfarbe begutachten musste. Nach gelungener Auswahl hakte er sich bei mir unter und führte mich voller Stolz zur Kasse, als sei ich mit dem alten Trottel verheiratet.

Meine Schulfreundinnen erzählten ähnliche Schauergeschichten. Jede von uns fühlte sich auf ihre Weise der Willkür eines solchen schmierigen Irren ausgeliefert, aber wir wollten durchhalten und zählten die Fahrstunden runter, die wir für den Führerschein noch brauchten.

Die Nachtfahrten mit diesem selbstherrlichen Halbgott waren oft noch schlimmer. Einhändig raste ich über Hessens Autobahnen, während er, den Fuß auf dem Gaspedal, meine rechte Hand hielt und mir über seine Scheidung erzählte. Einen Großteil des Abends saß ich dann mit ihm in Frankfurt in einer Cocktailbar namens »Sweet Honeymoon«, in der Singles auf der Suche nach einem One-Night-Stand unterwegs waren. Je später wir dort eintrafen, um so mehr Pärchen lagen schon knutschend auf den

Polsterbänken. Beppo, der Barmann, wies uns gleich einen kuschligen Platz in einer Nische zu und brachte uns selbst kreierte Mixgetränke mit romantisch klingenden Namen. Beim dritten Cocktail war Rainer schon so nah an mich herangerückt, dass ich das Gefühl hatte, selbst in Männerduschgel mariniert zu sein. »Die Matina, die wason Tüp wiedu, son gans weischä. Miä wahn kanse trei Jahn zesamme unn so rischdisch binisch nie anse rangekomme. Isch klaup, dess hadde miäes Hätz geproche.«

Ich hörte mich innerlich jubeln, als Beppo zum Tisch kam und Rainer darauf aufmerksam machte, dass »die Bullen« gerade am Fahrschulauto stünden, das vor der Bar im Halteverbot geparkt war. Ich schrieb es der betörenden Wirkung des Moschusduschgels zu, dass die junge Polizistin den angetrunkenen Fahrlehrer das Auto einfach schnell umparken ließ.

Wenn ich unter der Woche erst mitten in der Nacht vom Fahrschulunterricht nach Hause kam, war meine Mutter doch etwas verwundert, aber die Tatsache, dass ich mit einer »Schule«, einer Fahr-Schule, unterwegs gewesen war, legitimierte die späte Uhrzeit.

Als der Tag der Fahrprüfung kam, saßen wir zu viert im Auto. Zuerst fuhr Susanne, eine Mädchen meines Alters, das ich noch nie gesehen hatte. Rainer schien sie nicht zu mögen, denn obwohl es ja eher die Stunde des hinten neben mir sitzenden Prüfers war, ließ er an ihr kein gutes Haar. »Mädschemädsche, de tridde Gang waä vohind doch noch da!«, rief er so lange dazwischen, bis sie unsicher wurde und einem Schulbus die Vorfahrt nahm.

Mir dankte Rainer meine psychosoziale Seelsorge, indem er den Prüfer so intensiv mit Allerweltsthemen zuquatschte, dass der gar nicht sehen konnte, was um ihn herum geschah.

Als das Auto heil am Ziel und die Zeit um war, rief Rainer ganz begeistert »Des hassde so subbä gemaisdäd, dess wussdisch kleisch, dessdu dess hinkriehsd!«, strahlte mich an und fiel mir um den Hals.

Standard-Tanz

Wegen der Kurgäste gab es in der kleinen Stadt urbane Errungenschaften, die uns Kinder vom Dorf vor Neid erblassen ließen. Dazu gehörte der legendäre Ball der Gewerbetreibenden.

Der Kontakt zu meinen Grundschulfreundinnen, die schon fest hinter der Wursttheke standen oder sich mit den Vorbereitungen des An-Bauens und der Eheschließung beschäftigten, war bereits etwas ausgedünnt, als ich bei meinen Jahrgangsfreundinnen – das Kurssystem kannte keine Klassenverbände mehr – die Vorfreuden auf den Ball der Gewerbetreibenden mitbekam.

Die Jungs aus dem Dolm würden nicht da hingehen, aber viele Schulfreunde und Bekannte aus der Kurstadt befanden sich bereits in größter Aufregung. Also wollte auch ich unbedingt dabei sein. Meine Mutter hob zweifelnd eine Augenbraue. »Zum ›Ball der Gewerbetreibenden‹ willst du?«

Eine Eintrittskarte ließ ich mir über Kurstadtfreundinnen schnell besorgen, aber was sollte ich anziehen? Einen Ballausstatter gab es bei uns im Dorf nicht, und meine kritische Mutter war für die Vorbereitungen vielleicht nicht allzu geeignet, also nähte ich mir selbst eine wunderbare Kombination aus schwarz-glänzendem Stoff.

Ich war zufrieden: Vor mir lag ein amateurhaft genähtes ärmelloses Oberteil, das oben durch einen Gummizug gehalten wurde, und eine fließende Hose, ebenfalls mit Gummizug und Strassknöpfen an den Seiten. Meine Mutter spendierte mir später dazu noch eine Art Sakko aus ähnlichem Stoff. Insgeheim hoffte ich, dass es stockdunkel wie bei Klassenpartys sein würde und niemand – wie meine Oma gerne – die Nähte näher betrachten konnte.

Ich hatte mich bei Gabriele, mit der ich zum Ball gehen würde, einquartiert. An diesem ekligem Februarabend liefen wir in Kinderwinterstiefeln die lange Wohnstraße hinunter zum Kurpark, hinter dem die Konzerthalle lag. Im Foyer herrschte schon mächtige Aufregung. Wir suchten die Toilette, zogen uns um, gaben die Sporttaschen mit der Freizeitkleidung an der Garderobe ab und gingen in Richtung Festsaal. Schon auf dem Weg dorthin begegneten uns gutgekleidete Größen der Stadt, aber auch ungewohnt fein gekleidete Mitschüler. An der Bar schließlich fanden wir die Freundinnen aus der Schule und durchaus interessante Schüler aus höheren Klassen. Einige erkannte ich kaum wieder: Tantige Erscheinungen in Schillerlöckchen und dunkelgrünen Burgfräuleinkleidern, Perlenkettchen und Handtäschchen. O-beinige Mitschüler im Smoking, die Haare fein gescheitelt und gegelt, mit Blümchen im Knopfloch. Für viele schien das selbstverständlich, aber ich war wirklich überrascht. Ich stand mit meiner selbst genähten Kombination, einer herausgewachsenen, vom Nieselregen platt gedrückten Kurzhaarfrisur und etwas zu viel Kajalstift um die Augen verwundert daneben.

Bei der Begrüßungsrunde forderte mich ein sympathischer Riese, den ich schon von Schulpartys kannte, zum Tanz auf. »Dasissd ja eine Übäraschung, middir hädde isch ja garnischd geräschned. Darfischdisch kleischmal mit auf die Tansfläsche entführn? Isch meine es wär en Qickstep, des kriesche mer schon.«

Oh je, ich hatte nie einen Tanzkurs besucht und Tanzkurse immer als völlig spießig verspottet. »Eins, zwei, tschatschatscha, Schrittchen vor, Schritt zurück, Beinschluss ...«

Wie konnte man nur seine Nachmittage damit verbringen, zu Seniorenmusik ritualisierte Tanzschritte einzuüben und im Rollenverhalten sich so rückständig zu zeigen? Das war mir völlig fremd. Die Freundinnen aus dem Dorf hatten einen solchen Kurs mit elf, zwölf Jahren absolviert und ja, die Freundinnen aus der Schule hatten so einen Kurs im letzten Herbst besucht.

Als ich immer weitere Tanzangebote erhielt, wurde mir der grundlegende Sinn der Veranstaltung klar: Ein Ball war ganz und gar zum Tanzen da und meine Freundinnen hatten gar keine Lust, mit mir rumzualbern oder mit den Jungs an der Bar zu stehen und Bier zu trinken. Sie standen aufrecht lächelnd herum, bis sie aufgefordert und auf der Tanzfläche immer weiter gereicht wurden. Dazwischen nahmen sie mal ein Gläschen Sekt mit Orangensaft an der Bar, aber ansonsten bestand die Veranstaltung aus paarweisem Tanzen, Flanieren, Repräsentieren.

Aus dem Festsaal tönte die Musik der Tanzkapelle »Albatros«, schwitziger, alkohol- und nikotinhaltiger Mief waberte aus der geöffneten Tür, sie spielten gerade das Kufstein Lied. »Kennst du die Pe–her–le, die Perle Tirols, das Städtchen Kufstein, das kennst Du wohl ...« Das Lied kannte ich, es wurde in unserem Dorf zu jedem Fest im Saal hinter Bertas Kneipe oder auch im Festzelt bei der Kerb gespielt. Meist stellten sich die Leute bei uns im Dorf auf Stühle oder Bierbänke und schunkelten dazu. Der Refrain war einfach, den Teil des Texts, den man kannte, sang man mit, und der Rest wurde mitgesummt. Es tauchte ein Madel und ein Glasel Wein auf und immer wieder »bei uns in Tirol«, so schwierig war das nicht. Bei so einem Lied mitzujodeln war für uns postpubertäre Landbevölkerung ganz selbstverständlich – hier auf dem Ball der Gewerbetreibenden hingegen wurde zu dem Lied nach Möglichkeit akkurat getanzt. »Des is'n Walzä!«, raunte mir Martina zu, bevor sie an Peters Arm zur Tanzfläche tippelte.

Ich verschanzte mich an der Bar, unterhielt mich mit älteren Pfadfindern, und hoffte, dass der Abend eine sensationelle Wendung nehmen würde. Wie farbenfroh hatten meine Freundinnen mir den Abend geschildert, ich dachte an ihre Schwärmereien, wen von den Angehimmelten man hier alles treffen könne, und dass später wirklich »die Party abgehen« würde.

Ich hoffte, dass dann schlagartig alle aufhören würden Standardtänze zu tanzen, und man endlich im Ausdruckstanz rumhopsen konnte.

Ausdruckstanz kannte ich aus der Schule. Ich hatte Ausdruckstanz als Teil eines Sportkurses gelernt. Die durch Musik ausgelösten Gefühle sollten mit der Haltung und Bewegung des Körpers abgebildet werden. Wir versammelten uns einmal pro Woche im Musikraum der Schule, setzten uns auf den Boden, hörten Musik und sprachen darüber. Später legten wir uns hin und hörten ganz tief in uns hinein, wie bei einer Meditation. Langsam wippten wir hin und her, rollten in Embryohaltung am Boden herum, rannten mit aufgerissenen Augen, die Arme an den Körper gepresst durch den Raum oder hüpften armrudernd auf der Stelle.

Als Höhepunkt des Kurses musste jeder einen Tanz zu einem selbst ausgesuchten Lied einstudieren. Meine Wahl fiel auf Bonny Tyler, *Total eclipse of the heart*. Die Single überspielte ich auf Kassette, dazu brachte ich meine Lichtorgel mit, die ich auf blaues Dauerlicht einstellte. Anfangs lag ich zusammengekauert auf dem Boden, wie vom Licht geblendet schaute ich langsam suchend um mich, das Selbst und die Umgebung erfassend. »Turn around / Every now and then I get a little bit lonely / And you're never coming around«, dann arbeitete ich mich irgendwie über die Knie in den Stand, dabei die Gliedmaßen elegisch schleudernd, wie um eine Lähmung abzuschütteln. Dann weiter in kraftvollem, selbstbewusstem Tanz. »Turn around / Every now and then I get a little bit restless / And I dream of something wild.« Ich machte mich groß, den Kopf heroisch in Richtung der abgehängten Schuldecke gereckt, ich fühlte Pathos und Kraft, Arm- und Beinmuskeln waren angespannt und machten weite Bewegungen, die nach Entferntem zu greifen schienen. Dann allmählich fiel all das wieder elendig zusammen und ich zuckte schmerzverzerrt in der Hocke zusammen, bevor ich geschwächt zu Boden sank und liegen blieb: »Once upon a time I was falling in love / But now I'm only falling apart / There's nothing I can do / A total eclipse of the heart / A total eclipse of the heart / A total eclipse of the heart / Turn around Baby.«

Ich arbeitete wirklich hart daran und war von der Wirkung selbst beeindruckt. Lange tanzte ich mit ein paar Freundinnen auf allen Tanzflächen der Region so oder ähnlich und erschreckte damit alle Anwesenden. Egal, ob in der Großraumdisco im Industriegebiet oder im Musikclub unserer Schule. Auf die Gelegenheit, beim kurstädtischen Ball so zu tanzen, habe ich vergeblich gewartet und hätte mich am Ende auch nicht getraut.

Es war halb drei, als ich mit Gabriele schön langsam aufbrach und noch eine Abschiedsrunde drehte. Die Bar war nun voller, die Frisuren etwas flacher und verschwitzter, der Festsaal noch verraucher. Die Schritte der Tänzer sahen unbeholfener aus, dafür waren die Bewegungen der Oberkörper intensiver und nahezu wild, einige Paare sangen lauthals mit.

Frank Sinatra war auch hier ein zu später Stunde gern gespielter Interpret. Ich erspähte den korpulenten, verschwitzten Bürgermeister der Stadt, der sein goldgelbes Sakko abgelegt hatte und nun Bauch an Busen mit der stellvertretenden Leiterin der Kurverwaltung tanzte. Sie hielt ihr Glitzerhandtäschchen über seine Schulter, und er grölte zur Musik. »I want to wake up in that city / That doesn't sleep / And find I'm king of the hill / Top of the heap / My little town blues / They are melting away / I gonna make a brand new start of it / In old New York«. Dabei breitete er die Arme aus und schlug einer Serviererin zwei Cognacgläser vom Tablett.

Utopia ade

Nun war ich erwachsen. Ich stand in meinem ehemaligen Kinderzimmer und packte Sachen in einen weißen Kunstlederkoffer. Ganz unten hatte ich mit ein paar Anziehsachen angefangen, schwarze Jeans und weiße Herrenhemden, das müsste auch in der Großstadt gehen. Darauf legte ich Bücher und Schallplatten, die ich mit Wollpullis polsterte. Daneben stand meine alte Schultasche, in der ich einige Schreibutensilien, Papier und Stifte verstaute. In einer Klarsichthülle bewahrte ich das Studienbuch der Universität Bayreuth auf, das ich vom Studentensekretariat in einem dicken Polsterkuvert geschickt bekommen hatte.

Ein aufregendes neues Leben lag vor mir. Ich war schon einmal mit meinem Vater für einen Tag nach Bayreuth gefahren. Das war eine richtige Stadt, mit Kneipen, Kinos und vielen Geschäften. Ich hatte mich »eingeschrieben«, und wir suchten ein Zimmer für mich. In der Unterkunftsvermittlung hing ein Zettel »WG-Zimmer«, das klang reizvoll, denn ansonsten gab es nur Angebote in Wohnheimen, die alle schon weg waren, und die anderen waren zur Untermiete bei älteren Damen in Vororten. Aber ich wollte ja mitten rein ins Leben.

Das WG-Zimmer lag in einem schmalen Haus direkt an der Fußgängerzone, unten im Haus war ein Elektrofachhandel, den mein Vater erfreut registrierte. »Das ist ja praktisch, da muss ich nicht wegen jeder Kleinigkeit vorbei kommen.« Darüber schichteten sich zwei Büroetagen, und unter dem Dach befand sich unsere WG.

Frau Mitterlechner, die Vermieterin, war eine geschäftstüchtige Frau, die die Räume der Vierzimmerwohnung äußerst gewinnbringend einzeln an Erstsemester vergab. Mein Zimmer war teilmöbliert, und ich musste einen Vertrag unterschreiben, dass ich keine Tesafilmstreifen an die Schrankwand kleben und keine Reißnägel in die leicht glänzende Tapete pinnen würde.

An einem regnerischen Nachmittag kurz vor Semesterbeginn fuhr ich mit der Bahn von meiner Heimat in ein noch hügeligeres Franken, das Land der rollenden Rs.

Jetzt erst lernte ich die anderen WG-Bewohner kennen, die alle an diesem Abend mit Carepaketen von zuhause anreisten. Die meisten stammten aus der näheren Umgebung, Hof, Coburg und Tirschenreuth, waren aber genauso aufgeregt wie ich. Wir packten unsere Sachen aus, legten die Unterlagen für den ersten Studientag zurecht und trafen uns zum Essen am Küchentisch. Dazu gesellte sich später die Vermieterin mit einer Flasche Frankenwein, die sie zur Begrüßung spendierte.

An der Uni und über meine Mitbewohner lernte ich schnell viele unterschiedliche Leute kennen. Wir kochten und lernten zusammen, besuchten langweilige Vorlesungen und zogen durch Studentenclubs. Von der WG aus konnte ich alles zu Fuß oder mit dem Fahrrad erledigen, das war eine Sensation für mich.

Zwei aufregende Semester waren schnell um, als völlig unerwartet die Mauer fiel. Die eindrucksvollen Bilder dieses Ereignisses zogen aber weitestgehend ungesehen an mir vorbei, weil keiner in der WG einen Fernseher besaß. Aber auch in den Tageszeitungen wurde dem Mauerfall eine andere Wichtigkeit zugeschrieben als irgendeinem

Beschluss der Hochschulrektorenkonferenz. Die Straßen und Läden Bayreuths waren plötzlich gestopft voll von Menschen und Autos, die aus der DDR herüber kamen und endlich den Westen sehen wollten. Sie holten sich ihr Begrüßungsgeld und kauften die Läden leer. Bei dem kleinen Bäcker in der Fußgängerzone, wo die lange Blasse mir immer ein energisch gerolltes »Grüß Gott« zuwarf, reichte plötzlich eine Schlange bis hinaus auf die Straße, und die aufwändig dekorierten Tortenstücke waren im Nu ausverkauft.

Ich kam mit keinem einzigen Besucher ins Gespräch. Nach einer Weile waren sie wieder verschwunden.

Als ich an einem Wochenende nach dem Geburtstag meiner Mutter nach Hause fuhr, tauchte dort ein Ost-Cousin meiner Mutter auf, von dessen Existenz ich vorher noch nie gehört hatte. Er blieb zwei Wochen, ließ sich von uns neu einkleiden und von mir durch die Fußgängerzone der Kurstadt führen. Danach hörten wir nie mehr wieder etwas von ihm.

Schnell kam eine »Wiedervereinigung« ins Gespräch, wie wir in den Überschriften an den Zeitungskiosken lesen konnten. In der Uni, in den Fluren zum Audimax, an den Türen der Mensa hingen Plakate mit großen schwarzen Buchstaben »Kein Großdeutschland« und »Nie wieder Deutschland«. Wir trafen uns mit vielen Kommilitonen nachts in unserer WG-Küche und diskutierten unsere Zweifel am Zusammenschluss, die Angst vor einem Großdeutschland und einem Wiedererstarken der reaktionären, ja faschistischen Kräfte.

Im Herbst 1990 reiste ich anlässlich einer Demonstration das erste Mal in die ehemalige DDR, nach Erfurt.

Viele meiner Freunde fuhren mit im Bus, der vor der Philosophischen Fakultät startete. Erfurt war voll von linken Demonstrationstouristen, die Stadt aber blieb für uns eine gesichtslos-graue Kulisse, der große Domplatz erschien mir trotz der vielen Menschen beängstigend leer.

Wir sahen eine Veranstaltung, die unter dem Titel »Brecht statt Deutschland über alles« als anachronistischer Zug mit beschrifteten Wagen und verkleideten Darstellern von Bonn durch zahlreiche ostdeutsche Städte nach Berlin unterwegs war. In Anlehnung an ein Gedicht von Bertolt Brecht aus dem Jahr 1947, *Der anachronistische Zug*, in dem er das Wiedererstarken der Kräfte und Förderer des Nationalsozialismus unter dem Banner von »Freiheit und Democracy« geißelte, zeigte der Umzug in einer Art Straßentheater die neuen-alten, aus dem Westen heranziehenden Herren aus Wirtschaft und Politik, die nun den Osten Deutschlands zurückeroberten.

Annette, meine neue Freundin aus der WG, und ich fanden die Aktion beeindruckend, der Biss und intellektuelle Witz des Brecht-Gedichts waren überzeugend umgesetzt. Bei einem ausgedehnten Spaziergang durch Erfurt spürten wir allerdings, wie fremd und unbegreiflich uns dieses Land noch war. Wir waren so verunsichert, dass wir am Ende froh waren, wieder im Reisebus in den Westen zu sitzen.

Zuhause lud die sozialistische StudentInnengruppe Bayreuths zum Plenum, in dem wir über die Möglichkeit diskutierten, im Osten Deutschlands einen experimentellen neuen Staat zu errichten, die Utopie vom gerechten sozialistischen Staat endlich Wirklichkeit werden zu lassen.

Die Wiedervereinigung aber war schnell vollzogen. Die ersten Bundestagswahlen im vereinigten Deutschland am 2. Dezember 1990 bestätigten die konservative Regierung – und doch veränderte sich in den folgenden Jahren auch der westliche Teil Deutschlands grundlegend.

Epilog

Ich wische noch schnell die Brötchenkrümel vom Tisch des Großraumabteils und lege meine angelesene Zeitung auf den Sitz neben mir. Die vier Stunden Bahnfahrt waren eine lange gedankliche Zeitreise in die Vergangenheit.

Durch das Zugfenster sehe ich Bahnhöfe und Ortsnamen, die mir aus meiner Kindheit vertraut sind. An der nächsten Station werde ich aussteigen. Ich gehe schon mal die Stufen aus der oberen Etage des Regionalexpress nach unten zum Ausgang. Die Stimme der Durchsage mit der Information, auf welcher Seite ich aussteigen soll, spricht Hochdeutsch, sie kommt vom Band.

Meine Schwester wartet am Bahnsteig. Sie lacht und sagt etwas, was ich nicht verstehe, weil auf dem Nachbargleis ein langer Güterzug entlang donnert. So laut war es schon, als ich früher auf dem Weg zur Schule auf dem gleichen Bahnsteig wartete.

Aber doch ist vieles ganz anders. Ich entdecke das Fenster, an dem ich mir vor über zwanzig Jahren Süßigkeiten kaufte. Das Gebäude hat sich sonst kaum verändert, etwas runtergekommen wirkt es. Die Kabel, an die das beleuchtete Brauereischild angeschlossen war, baumeln verloren an der Wand. Der Rollladen vor dem Süßigkeitenfenster, aus dem es früher »Für fünfentreisisch Fännisch kriehste nur e krohses Nabbo oder e Dublo« tönte, ist zu und sieht aus, als sei er Jahrzehnte nicht mehr bewegt worden.

Der Bahnsteig selbst ist nagelneu. Weil der Bahnhof in einer langgestreckten Kurve liegt, in der Züge sich vom Bahnsteig wegneigen, war der Ausstieg früher immer eine nicht ungefährliche Prüfung. Generationen von kurzbeinigen Omis auf dem Weg zur Kur holten sich hier bei einem Sprung aus einem Meter Höhe die letzte Legitimation für eine Erholung. Bei der Sanierung wurde der Bahnsteig erhöht, sodass ich bequem aussteigen kann. Der scharfe Uringeruch der Unterführung zum Bahnhofsvorplatz aber blieb auf wundersame Weise über all die Jahre gleich.

Vom Vorplatz aus fuhren immer die von Friedensinitiativen oder Gewerkschaften organisierten Reisebusse zu Großdemonstrationen ab. Wann haben wir hier zuletzt gestanden und aus unseren Thermoskannen Tee getrunken?

Wir fahren im Auto meiner Schwester aus dem Ort hinaus auf eine Bundesstraße. Sie führt abwechselnd durch Dörfer und Wald. Das Schild mit der Aufschrift »Unser Dorf soll schöner werden« am nächsten Ortseingang ist verschwunden. Es war auf einem liegenden, längs halbierten Baumstamm angebracht, rechts und links davon befanden sich wahre Geranienkaskaden. Jetzt verfault hier ein demoliertes Plakat für ein Motocrossrennen.

Einige Dörfer haben keinen Lebensmittelladen, keinen Bäcker, keinen Metzger mehr, nicht mal eine Kneipe. Im nächsten Ort sehe ich eine Dönerbude, die in einer ehemaligen Bäckerei untergekommen ist, die aufgeschnittenen Salate türmen sich da, wo wir früher manchmal Streuselkuchen kauften.

Endlich erreichen wir das Dorf, in dem ich aufgewachsen bin. Die Dorfmitte ist komplett neu gestaltet, es ist ein verkehrsberuhigter Platz entstanden, an dem man sich treffen und unterhalten soll. Das Bushaltestellenhäuschen,

Treffpunkt und Ort meiner jugendlichen Sehnsucht, ist nicht mehr da. Dafür protzt ein paar Meter versetzt ein modernes Glasdach über Einzelsitzen aus Metallgitter. Die Telefonzelle ist einfach verschwunden. Neben der Brücke steht noch das Schild, das anzeigt, welche militärischen Lastenklassen sie überqueren dürfen, ein Relikt aus der Zeit des Kalten Krieges.

Auf einer neuen Mauer, die im urig-regionalen Sandsteinlook errichtet wurde, sitzen drei Jugendliche. Sie starren mit leeren Gesichtern unserem Auto nach. Sie kennen uns nicht. Wir fahren um eine Kurve, ich recke den Hals nach links. »Hier war doch der Laden von Frau Lohrey ... wo ist der denn hin?« Auf dem kleinen Vorplatz wächst jetzt Rasen, die Ladentür ist zugemauert, das Schaufenster mit Gardinen verhängt.

»Mensch, das ist doch über zwanzig Jahre her! Das hast du schon so oft gefragt ... es kann nicht alles so bleiben, wie es war, als du weggegangen bist ... Wie ein niedliches Museumsdörfchen soll es sein, wo sie noch die Kühe am Strick spazieren führen, ja?«, fragt meine Schwester.

»Siehst du, da drüben war das schöne kleine Marionettentheater vom schrulligen Herrn Tews, keine Subventionen mehr, bums, zu, alles weg, und in Frankfurt an der Oder ist dafür ein Solarpark hingestellt worden. Findest du das okay? Nein, quatsch, aber es ist doch irgendwie schade, dass das alles weg ist, findest du nicht?«

»Jammer' doch nicht so rum. Wir sind auch nie wirklich hier im Dorf einkaufen gegangen, ein paar Kleinigkeiten vielleicht ... Erst gab es den kleinen Supermarkt da hinten bei der Fabrik, wo wir mit der Mama immer hingefahren sind. Der musste zumachen, kurz nachdem der

Schubert-Megastore geöffnet hatte, bei dem du Einparken geübt hast. Viele Sachen hatten wir ja auch aus dem Garten oder sind da im Industriegebiet in den Bioladen gefahren, was ja auch gut war, unsere Mama wollte doch gar nicht die abgelaufenen Kekse hier vorne bei der Frau Lohrey. Und so gab es dann, als der Laden zugemacht hat, auch die guten Brötchen nicht mehr.«

»Die Frau bei unserem Bäcker meint, der Mauerfall sei daran schuld«, witzle ich. »Nee, ganz so habe ich es nicht verstanden, aber sie hat mir heute morgen vorgeworfen, dass es ihre gute alte Ostschrippe nicht mehr gibt. Als hätte die alte Bundesrepublik sämtliche vorrätigen Ostschrippen verschluckt und dafür einen Berg minderwertiger Aufbackbrötchen ausgespuckt.«

Wir müssen eine Umleitung fahren, die gesamte Straße »Zum Neubaugebiet« ist aufgerissen. Die Kanalisation muss erneuert werden. Meine Schwester klärt mich auf: »Nach vierzig Jahren ist das nicht ungewöhnlich, zumal bei den Baumängeln der 70er Jahre, aber die Anwohner selbst glauben, die sei ja ›gerade erst‹ gebaut worden, das gibt riesigen Ärger in der Gemeindevertretung.«

Die einst akkuraten Gehwege im Neubaugebiet sind wellig und moosig, die Fertighäuser deutlich in die Jahre gekommen. Es scheint, als lehnten sie sich an die zu Mammutbäumen gewordenen Koniferenhecken an. Die wenigen Kinder auf der Straße kommen nicht von hier, Russlanddeutsche, höre ich. Die Ortsansässigen »bauen« in einem neu erschlossenen Gebiet.

Wir betreten die Küche unseres Vaters und setzen uns an den Tisch. Es ist noch der original Stahlrohrtisch von damals. Ich ertappe mich dabei, auf die leere Stelle an der Wand zu schauen, an der in meiner Kindheit die Küchenuhr hing.

Meine Schwester hat eingekauft, wir wollen jetzt zusammen Pizza backen, unser Vater wird später dazu kommen. Sie hat von zuhause eine Flasche selbstgemachten Stachelbeerwein mitgebracht und durchsucht den Schrank nach den Bowlegläsern von unserer Uroma, findet sie aber auch nach langem Suchen nicht. Wir trinken schließlich aus alten Senfgläsern, der Wein ist gewohnt süffig. Ich gehe mit dem Glas in der Hand durchs Haus und sehe mich um. Da hängen Kinderfotos von mir, auf denen ich zehn Jahre alt bin.

Das Telefonboard ist noch da, es trägt jetzt die Ladestation des schnurlosen Telefons. Daneben hängt das Plakat, das ich mir als Jugendliche beim Telefonieren so oft angesehen habe. Der Comic zeigt eine Pyramide, ganz oben steht ein besonders dickes Schwein mit Zigarre, das einen riesigen Sack mit Goldmünzen stemmt. Auf dem Sack ein großes Dollarzeichen. Gleich darunter weitere dicke Schweine, General, Kardinal und Bischof. Sie stehen auf einer weiteren Etage mit Schweinen, alle mit Zigarren im Maul. Beamte, Lehrer und Chefs, und eine Sau mit Pelzkragen und Handtäschchen. Noch eine Etage drunter: Schweine-Polizisten mit Schlagstock und Schutzschild. Am unteren Ende ducken sich viele kleine Mäuse, die das ganze »Schweinesystem« tragen. Dort steht: »Dass du dich wehren musst, wenn du nicht untergehen willst, das musst du doch einsehen.«

Das Plakat gehörte zu einer Comic-Reihe, in der uns eine rote Ratte die Welt des Kapitalismus erklärte. Wir hatten das Plakat einmal von der Frankfurter Buchmesse mitgenommen, es muss Mitte der 80er Jahre gewesen sein. Seitdem hängt es dort. Es ist vergilbt, aber man erkennt noch gut die eckige Brille des Lateinlehrers, mit der meine Schwester ein besonders fettes Schwein verziert hatte.

Meine Schwester steht jetzt direkt neben mir, sie starrt mit leeren Augen auf das Plakat.

»Was wäre denn passiert, wenn die Mauer nicht gefallen wäre?«, frage ich sie. Sie schaut lange schweigend in ihr Glas. »Ich verstehe natürlich, was du meinst … das ist ja auch ganz weit weg, alles Vergangenheit inzwischen. Was wir hier gedacht und gemacht haben, was wir erkämpft haben, hat ja keiner von denen wissen wollen, als sie '89 rübergekommen sind. Es hat sich viel verändert seither. Viel ist einfach weg, so wie die Amis, seit sie hier abgezogen wurden, aber das sind ja eher Äußerlichkeiten. Verschwunden ist auch die politische Atmosphäre, die Stimmung na, … das ganze Bewusstsein und so, das, was uns irgendwie zusammen gehalten hat.«

»Haha, mit der Frau Lemhardt-Wibbe würde ich mich heute auch nicht mehr händchenhaltend auf den Marktplatz stellen und Friedenslieder singen«, werfe ich ein.

»Unsere schöne kleine Puppenstubenwelt ist total auseinander gefallen. Du hast recht, wir waren uns bei vielen Dingen so einig, die Welt um uns herum schien so wunderbar aufgeräumt. «

»Ich glaube, manche von den älteren Lehrern, der Grünberg zum Beispiel, haben noch lange gehofft, dass die DDR die Verwirklichung einer linken Utopie werden könnte, das war so ein naiver Traum. Klar, es war dann irgendwann nicht mehr zu übersehen, dass es in der DDR nicht so lustig ablief, aber die Hoffnung, dass der Staat, auch unserer, gerechter würde, hat sich doch in vielen Köpfen echt lange gehalten. Daran haben wir lange geglaubt und jeder hat es auf seine Weise herbei geträumt.«

»Ja, das ist mit dem Zusammenbruch der DDR komischerweise allmählich verschwunden, jeder wurstelt so vor sich hin, und niemand würde noch einmal so viele unterschiedliche Leute für eine Sache wie '81 in Mutlangen auf die Straße kriegen.«

Meine Schwester lehnt sich zurück: »Ist das jetzt die transzendentale Obdachlosigkeit?« Wir sehen uns lange an – und lachen.

Prolog – 7

Ankunft im Dorf 1974–1977
Mittlerer Westen – 9
Die Schule fährt mit Hilfsmotor – 11
Wejschraibstdoudechdann? – 16
Wahl-Freiheit – 20
Bottroper Straße – 26

Der Aufbruch 1977–1980
Glaube, Liebe, Hoffnung – 33
Der Pate – 38
Westlich von Frankfurt – 43
Der einfache Weg zum Reichtum – 50
Die Wahrheit – 55
Kultureller Konsens – 57
Selektiv demokratisiert – 63
Versorger und Selbstversorger – 68

Wo ist das Paradies? 1980–1985
Toter Bruder – 73
Dorfgemeinschaftshaus – 78
Wahl-Pflicht – 81
Weit, weit weg – 86
Blick nach drüben – 89
Flugblattverteilen – 94
Leben in der Lücke – 98
Innovationen für eine bessere Welt – 104
Verkehrte Welt – 107
Open Air – 112

Die privaten Wünsche der DDR-Bürger – 116
Erziehung durch Abschreckung – 121

Anfang vom Ende 1985–1990
Die andere Wahrheit – 125
Der Halbmond über dem Hügel und der Soldat – 129
Keine Künstlerheimat – 135
Herzheilbad – 139
Andere Meinungen – 146
Eins in der Dämmerung – 150
Die Mauer hält nicht – 154
Die Taube fällt vom Himmel – 160
Mobilität – 165
Standard-Tanz – 172
Utopia ade – 178

Epilog – 183